DESEO

D1365500

SARAH M. ANDERSON
Doble seducción

HARLEQUIN™

Editado por Harlequin Ibérica.
Una división de HarperCollins Ibérica, S.A.
Núñez de Balboa, 56
28001 Madrid

© 2017 Sarah M. Anderson
© 2018 Harlequin Ibérica, una división de HarperCollins Ibérica, S.A.
Doble seducción, n.° 2117 - 4.10.18
Título original: Twins for the Billionaire
Publicada originalmente por Harlequin Enterprises, Ltd.

I.S.B.N.: 978-84-9188-725-6
Depósito legal: M-27647-2018
Impresión en CPI (Barcelona)
Fecha impresion para Argentina: 2.4.19
Distribuidor exclusivo para España: LOGISTA
Distribuidor para México: Distibuidora Intermex, S.A. de C.V.
Distribuidores para Argentina: Interior, DGP, S.A. Alvarado 2118.
Cap. Fed./Buenos Aires y Gran Buenos Aires, VACCARO HNOS.

Prólogo

–¿Entonces ya está?

Eric Jenner miró el informe del investigador privado que tenía en la mano. El niño no era hijo suyo. En realidad, había sabido desde el principio que ese sería el resultado, pero le seguía doliendo.

–Ya está –asintió el investigador, mientras se levantaba de la silla–. A menos que necesite algo más.

Eric estuvo a punto de reír. ¿Qué más necesitaba? Necesitaba un final feliz para todo aquel desastre, pero estaba claro que no iba a tenerlo. Al menos aquel día, tal vez nunca.

Seis meses antes le habían dejado plantado ante el altar, literalmente. Delante de seiscientos invitados, en la catedral del Santo Nombre. La prensa lo había pasado en grande publicando fotos del multimillonario Eric Jenner con cara de estupefacción.

Dos semanas después de dejarlo plantado ante el altar, Prudence se había casado con un contable de la empresa de su padre. Al parecer era amor verdadero y, según el investigador, era la mujer más feliz del mundo.

Eric estaba encantado por ellos. De verdad.

Tomó aire lentamente y exhaló aún más despacio.

–Si se me ocurre algo más, le llamaré –le dijo. El hombre asintió con la cabeza antes de salir del despacho.

Eric volvió a leer el informe. Curiosamente, no echaba de menos a Prudence. Su ausencia no lo mantenía despierto por las noches, no echaba de menos su calor. No lamentaba haber puesto en venta el dúplex que había comprado para ella.

Evidentemente, se había librado por los pelos, salvo por un pequeño detalle.

El detalle había nacido pesando tres kilos y doscientos gramos. Miró la fotografía que el investigador había incluido en el informe. El niño estaba en los brazos de Prudence, con los ojitos cerrados y una sonrisa en los labios. Su nombre era Aaron.

Algo se encogió en el pecho de Eric. No, no echaba de menos a Prudence en absoluto, pero...

Últimamente, todo el mundo tenía hijos. Incluso su mejor amigo, Marcus Warren, había adoptado recientemente un niño después de casarse con su ayudante. Y estaba loco de felicidad.

Eric y Marcus siempre habían competido por todo: quién había ganado antes el primer millón (Eric), los primeros mil millones (Marcus), quién tenía el mejor coche (alternaban constantemente) o el barco más grande (Eric siempre ganaba en esa categoría).

Su amistad con Marcus estaba cimentada en el deseo de imponerse el uno sobre el otro, ¿pero una mujer y un hijo? Debería parecerle repugnante.

Y esa noticia sobre Prudence había sido el golpe final.

Una cosa estaba clara: Eric nunca había perdido de forma tan definitiva.

«A la porra con todo».

Era el propietario de los mejores rascacielos de Chicago y poseía algunas de las propiedades más caras del mundo. Era, le habían dicho siempre, atractivo y bueno en la cama. Y no había nada que no pudiese comprar.

Lo que necesitaba era distraerse en los brazos de una mujer, alguien que le hiciese olvidar esa tontería de las familias felices. No había perdido nada. Se alegraba de que Prudence lo hubiera dejado porque su matrimonio hubiera sido un desastre. Había tenido suerte. No estaba atado a nadie y podía hacer lo que quisiera. Y lo que quería era… todo.

Tenía el mundo a sus pies. Con solo chascar los dedos tendría lo que quisiera.

Eric cerró el informe abruptamente y lo guardó en un cajón de su escritorio.

Bueno, casi todo. Al parecer, había cosas que el dinero no podía comprar.

Capítulo Uno

Diez meses después...

La puerta del ascensor se abrió y Sofía Bingham intentó armarse de valor. De verdad iba a hacer una entrevista para el puesto de gerente en la Inmobiliaria Jenner, con Eric Jenner.

Le costaba respirar mientras salía al vestíbulo del emporio inmobiliario, heredero de Jenner y Asociados, la inmobiliaria del padre de Eric. John y Elise Jenner habían tenido una elegante oficina en el primer piso de un edificio de cuatro plantas y, con los años, la habían convertido en una exclusiva agencia en la Costa Dorada de Chicago orientada a los ricos y a los aún más ricos.

Su padre, Emilio, había empezado como conserje, pero unos años después fue ascendido a agente inmobiliario y, más tarde, abrió su propia agencia. Su madre, Rosa, era el ama de llaves de la familia y Sofía siempre había sido el ojito derecho de Elise Jenner, que solía regalarle vestidos y juguetes.

Cuando era niña, los Jenner le parecían las personas más ricas del mundo, pero su agencia no podía compararse con aquel fabuloso rascacielos en South Wacker Drive. Las oficinas de Eric estaban en la planta cuarenta y podía ver el lago Michigan desde las ventanas del vestíbulo, el sol brillando sobre el agua como un espejismo.

Habían pasado muchos años desde la última vez que vio a Eric Jenner, pero no le sorprendía que hubiese construido su oficina con una fabulosa vista del lago porque era un enamorado del agua. De niños, no solo la había enseñado a nadar en la piscina de su casa sino a hacer carreras con sus barquitos de juguete.

La gente entraba y salía de los ascensores, todos con aspecto muy serio, todos con buenos trajes de chaqueta y caros zapatos. Sofía miró su falda con chaqueta a juego, el único conjunto que no tenía manchas de papilla: una falda de lunares blancos y negros con una chaqueta blanca sobre una blusa negra con un lazo en el cuello. Era bonito, pero nada elegante o caro.

Se acercó a una de las ventanas y miró el lago. Estaba allí para solicitar el puesto de gerente porque no podía seguir trabajando como agente inmobiliario. Necesitaba un sueldo fijo y un horario de oficina, y no solo por sus mellizos, Adelina y Eduardo. La verdad era que lo necesitaba por ella misma.

Había sido agente inmobiliario con su difunto marido, David, pero tras su muerte necesitaba un puesto fijo. Podría haber hecho entrevistas en otras empresas, pero el sueldo que ofrecían en la Inmobiliaria Jenner era mejor. Aunque esa no era la única razón por la que estaba allí.

¿Se acordaría Eric de ella?

No tendría por qué. No lo había visto desde que cumplió dieciséis años y se marchó a estudiar a Nueva York. Sus caminos no habían vuelto a cruzarse en quince años y Sofía ya no era la flaca chica de trece años con los dientes torcidos.

No la reconocería. Seguramente ni siquiera se acordaría de ella. Después de todo, solo era la hija del ama de llaves y del conserje.

Pero ella nunca lo había olvidado porque una chica no olvidaba su primer beso. Aunque ese beso hubiera sido el resultado de una apuesta.

Nerviosa, observó a los empleados. Necesitaba aquel trabajo, pero quería conseguirlo por sus propios méritos. No quería aprovecharse de una antigua relación que, seguramente, él ya habría olvidado.

Pero las situaciones desesperadas requerían medidas desesperadas.

Sofía se dirigió al mostrador de recepción. David y ella habían trabajado en una respetable oficina que vendía casas en el norte de Chicago, Skokie, Lincolnwood, Evanston y los alrededores, pero el escritorio de la recepcionista era mejor que el que ella había tenido.

—Buenos días —la saludó, intentando mostrar una confianza que no sentía—. Mi nombre es Sofía Bingham y tengo una entrevista a las nueve con el señor Jenner.

La recepcionista era muy joven, rubia y guapísima. Sus cejas eran una obra de arte, por no hablar de la elegante chaqueta estampada. La joven la miró de arriba abajo, pero no frunció el ceño, y esa tenía que ser buena señal.

—¿Ha venido por el puesto de gerente? —le preguntó.

—Sí —respondió Sofía, intentando mostrarse segura de sí misma. Podía hacer esa entrevista, podía llevar esa oficina, aunque no parecía necesitar mucha dirección.

—Un momento, por favor —dijo la recepcionista, mirando la pantalla del ordenador.

Sofía esperó, nerviosa. Llevaba siete años vendiendo casas y antes de eso había ayudado en la agencia de sus padres, pero dirigir una oficina como aquella sería una tarea mucho más complicada. Eric Jenner ya no solo compraba y vendía casas. Compraba terrenos y construía rascacielos como aquel. Contrataba arquitectos, diseñadores de interiores y abogados. Construía edificios exclusivos y apartamentos de lujo. Y lo hacía tan bien que se había convertido en un multimillonario perseguido por los paparazzi. Sabía que lo habían dejado plantado ante el altar unos meses antes y que, tras la boda de su amigo Marcus Warren, estaba entre los cinco solteros más cotizados de Chicago.

¿Qué estaba haciendo allí? Ella no sabía nada sobre esos proyectos tan caros. Sabía cómo vender apartamentos y viviendas unifamiliares, no dirigir arquitectos o negociar exenciones fiscales con los ayuntamientos. Había tenido que volver a casa de sus padres porque no podía pagar ni una casa ni una guardería. Aquel no era su mundo.

De repente, se le encogió el corazón y le resultaba difícil respirar.

«Oh, no».

No podía sufrir un ataque de ansiedad. Otro no, allí no. Dio un paso atrás, intentando contener el deseo de salir corriendo. Dos cosas la detuvieron. La primera, la imagen de sus mellizos en brazos de su madre esa mañana diciéndole adiós con la manita mientras ella iba a su gran entrevista de trabajo. Su madre había enseñado a Adelina y a Eduardo a tirar besos y era lo más bonito del mundo. Sus hijos necesitaban más de lo que ella podía darles en ese momento. Necesitaban estabilidad, seguridad. Necesitaban una madre que no estuviera al borde de un ataque de nervios intentando solucionarlo todo, y para ser esa persona necesitaba un puesto fijo.

La segunda fue que alguien la llamó en ese momento.

–¿Señora Bingham?

Sofía levantó la mirada y se quedó sin aliento. Allí estaba. Había visto fotografías en los periódicos, pero ver a Eric Jenner en carne y hueso la conmocionó.

Su sonrisa, al menos, seguía siendo la misma. Pero el resto… Eric Jenner medía más de metro ochenta y cinco y se movía de un modo que proyectaba seguridad. Era, sencillamente, arrebatador. Su pelo había pasado de color cobre brillante a un rico rojo bruñido, aunque su piel seguía siendo morena. Sofía disimuló una sonrisa. Los pelirrojos de piel morena eran tan raros que eso los hacía aún más especiales.

Pero una cosa estaba clara: no era el chico que ella recordaba. Sus hombros eran más anchos, sus piernas más poderosas. Y sus ojos… cuando enarcó una ceja Sofía supo que la había reconocido, aunque no supiera bien de dónde. El nudo que tenía en el pecho se deshizo y pudo respirar de nuevo, pensando que todo iba a salir bien.

O, al menos, confiaba en que así fuera.

–¿Sofía? –dijo él, dando un paso adelante–. Lo siento –se disculpó luego–. Se parece a una persona a la que conocí hace tiempo.

Sofía se dio cuenta de que estaban en medio del vestíbulo y que mucha gente parecía estar prestando atención a la conversación.

—Me alegro de volver a verlo, señor Jenner —dijo, sin atreverse a tutearlo.

El rostro de Eric se iluminó.

—Entonces eres tú. ¿Qué haces aquí? ¿Y cuándo te has casado? —le preguntó, haciendo una pausa para mirarla de arriba abajo—. Vaya, cuánto has crecido.

Ella tragó saliva, intentando calmarse.

—En realidad, estoy aquí por el puesto de trabajo. Tengo cita a las nueve… para el puesto de gerente.

—Ah, ya —dijo él, mirando alrededor, como percatándose de que había gente pendiente de la conversación—. Esta oficina necesita un gerente. Ven conmigo —le pidió, lanzando una mirada de advertencia hacia los empleados. Sofía pilló a la recepcionista sonriendo y poniendo los ojos en blanco—. Heather, ponte a trabajar.

—Por supuesto, señor Jenner —asintió ella, haciéndole un guiño.

Eric le devolvió el guiño y el corazón a Sofía se le aceleró. ¿Qué sabía de él? Había sido un niño privilegiado y rico, pero siempre amable con ella. Le había enseñado a nadar y a patinar. Y, en más de una ocasión, había jugado con sus muñecas.

Pero eso no significaba que fuera la misma persona. Sí, era rico, guapo y soltero. Por supuesto, le pondría ojitos a la guapa recepcionista. Y la joven y guapa recepcionista parecía encantada.

Empezaba a sentirse invisible cuando Eric se volvió hacia ella.

–No sabía que fueras a venir –le dijo, haciéndole un gesto para que lo siguiera–. Háblame de tu marido. ¿Quién ha tenido la suerte de casarse con Sofía Cortés?

Era la clase de flirteo inofensivo a la que un hombre como Eric estaría acostumbrado, pero no era algo habitual para ella y Sofía tuvo que hacer un esfuerzo para seguir respirando con normalidad.

No dijo nada hasta que entraron en su despacho. Un sitio muy amplio, con sofás de piel y un enorme escritorio de caoba, además de un minibar. Detrás del escritorio había una pared de cristal orientada al este, con una vista despejada del lago Michigan. Ella no vendía casas en el centro de la ciudad, pero sabía que esa vista valía millones.

Eric cerró la puerta tras ella y se quedaron en silencio. Estaban a un metro el uno del otro, tan cerca que Sofía notaba el calor de su cuerpo y, de repente, sintió que le ardía la cara. Hacía mucho tiempo que no sentía algo así.

–Qué vista tan preciosa –dijo por fin, intentando aliviar la tensión.

Eric Jenner era multimillonario y, sin duda, sus trajes eran hechos a medida. Todo lo que llevaba sería hecho a medida, hasta los calcetines. Había conjuntado un traje de color azul marino con una camisa rosa y una corbata de seda que seguramente costaría un dineral. Y todo le quedaba perfecto.

Un sentimiento olvidado empezó a latir por su cuerpo, un potente latido que Sofía no reconoció de inmediato.

Deseo.

Aquella tensión, aquel nerviosismo era deseo. Había olvidado que podía sentirlo. Creía haber enterrado sus deseos al enterrar a su marido y saber que aún podía sentir esa descarnada atracción era sorprendente. ¿Pero desear a Eric? Sofía sintió que le ardían las mejillas y allí, en la privacidad del despacho, no había ninguna recepcionista haciendo guiños, ni ruido de ascensores que distrajesen la atención de Eric.

Él la miraba con los ojos oscurecidos, como si también él…

Sus pulmones no parecían capaces de expandirse y empezó a sentirse mareada. No podía desear a Eric y él no debería mirarla de ese modo. No era por eso por lo que estaba allí.

—Parece que te ha ido muy bien —consiguió decir, haciendo un esfuerzo para mirar alrededor. Había fotografías de Eric con gente famosa, mezcladas con cuadros de aspecto caro y fotografías de sus edificios.

—¿Tenías alguna duda?

Su tono era tan arrogante que Sofía se volvió hacia él. La miraba con una sonrisa de lobo, pero casi le pareció ver al chico al que había conocido antaño.

—No.

—Trabajo mucho para conseguir lo que tengo, pero seamos sinceros, gracias a mis padres no empecé precisamente desde abajo.

Sofía intentó relajarse. Siempre había sido un privilegiado, pero el Eric que ella recordaba casi se sentía avergonzado de ello. Sus padres lo habían educado bien y nunca había sido arrogante o mimado. ¿Seguiría siendo ese chico o sería la clase de hombre que contrataba a una guapa recepcionista, o incluso a una gerente medianamente atractiva, solo para acostarse con ella?

No quería que fuera así. Aunque ni siquiera eso podría destruir sus mejores recuerdos de él.

–¿Cómo están tus padres? Sé que siguen intercambiando tarjetas navideñas con los míos.

Eric dejó escapar un exagerado suspiro.

–Están bien. Decepcionados porque no me he casado y aún no les he dado nietos, pero bien –respondió–. ¿Y los tuyos?

–Bien también. No sé si sabes que mi padre abrió su propia agencia. Tu padre lo ayudó –dijo Sofía, agradeciendo lo que los Jenner habían hecho por su familia–. Al parecer, había mucha demanda de agentes inmobiliarios bilingües y mi padre sacó partido de eso. Tiene una agencia inmobiliaria en Wicker Park. Mi madre cuida de mis hijos ahora y no puedes imaginar cuánto los mima.

Eric se dio la vuelta para dirigirse al escritorio. Estaba intentando poner distancia física entre ellos, pero también una distancia emocional, como si hubiera levantado un muro entre los dos. Sofía no entendía por qué, pero había algo… algo a lo que no podía poner nombre. Cuando se quejó de que sus padres quisieran nietos, había sonado raro. Y su expresión cuando mencionó a sus hijos… en otra persona podría haber parecido una expresión de anhelo, pero no podía creer que alguien como Eric Jenner, que tenía el mundo a sus pies, estuviera tan interesado en los hijos de una antigua conocida.

Eric no se sentó tras el escritorio, no se dio la vuelta. Se quedó mirando el lago, en silencio. Aunque era temprano, podía ver unos cuantos barcos en el agua, dispuestos a disfrutar de un hermoso día de verano.

–No sabía que te hubieras casado o tuvieras hijos. Enhorabuena –le dijo, con tono más bien frío.

–En fin, verás… –empezó a decir Sofía, sin poder evitar una nota de abatimiento–. Ya no… Estuve casada, pero mi marido murió –le contó. Por mucho tiempo que hubiera pasado, se emocionaba cada vez que lo decía en voz alta–. Hace diecisiete meses –agregó. Aunque no estaba contando los días y hasta las horas desde el peor día de su vida–. No sé si has oído hablar de él: David Bingham. Trabajábamos en una agencia inmobiliaria en Evanston.

Eric dio un paso hacia ella y, por un momento, pensó que iba a abrazarla. Pero se detuvo.

–Sofía, lo siento. No tenía ni idea. ¿Cómo estás?

No era una charla mundana sino la sincera pregunta de un viejo amigo. Y cuánto echaba de menos a Eric.

Era tan tentador mentir y suavizar ese momento incómodo con trivialidades… Eric esperaría una respuesta fácil, pero no había respuestas fáciles.

–Por eso estoy aquí. Mis mellizos…

–¿Mellizos? ¿Qué edad tienen?

–Quince meses.

Eric asintió con la cabeza.

–Imagino que ha sido muy difícil para ti. Siento mucho la muerte de tu marido.

–Gracias. Ha sido difícil y por eso estoy aquí. David y yo vendíamos casas y desde que murió… En fin, ya no puedo hacerlo. Necesito un trabajo con horario de oficina y un salario fijo para cuidar de mis hijos.

–¿Cómo se llaman?

–Adelina y Eduardo. Yo los llamo Addy y Eddy, aunque a mi madre no le gusta nada –Sofía sacó el móvil del bolso y buscó una fotografía reciente de los mellizos en el baño, dos sonrisas idénticas, el pelo mojado y tieso–. Mi madre cuida de ellos, pero cada día es más difícil y me encantaría contratar a una niñera.

Y pagar las facturas que empezaban a amontonarse, y ahorrar algo para el colegio de los niños…

La lista de problemas que el dinero podía resolver era interminable. Incluso en los mejores tiempos, el mundo inmobiliario significaba muchas horas de trabajo y unos ingresos imprevisibles, pero si no podías vender una casa sin ponerte a llorar en el coche, entonces los ingresos eran muy previsibles: cero.

Eric tomó el teléfono para estudiar las caritas de los niños en la pantalla.

–Se parecen a ti. Son guapísimos.

Sofía se ruborizó.

–Gracias. Ellos hacen que quiera levantarme cada mañana.

Porque si no tuviera dos niños que necesitaban comer y jugar todos los días podría haberse dejado llevar por la depresión y los ataques de ansiedad. Pero Addy y Eddy eran algo más que sus hijos, eran los hijos de David, lo único que le quedaba de él. No podía defraudarlo y no podía defraudarse a sí misma.

Así que había seguido adelante, soportando un día, una hora, a veces solo un minuto. Poco a poco, empezaba a ser más fácil, aunque no demasiado.

Eric miró la fotografía de sus hijos durante unos segundos antes de hacerle un gesto para que se sentase en uno de los sofás.

–¿Y quieres el puesto de gerente? Esta no es una típica inmobiliaria.

Ella levantó la barbilla.

–Señor Jenner…

–Eric, Sofía. Nos conocemos demasiado para esas formalidades, ¿no crees? –lo había dicho como si fuera un reto–. No sé si yo podría pensar en ti como «la señora Bingham». Para mí, siempre serás Sofía Cortés.

También ella quería recordarlo como el chico alegre y dulce de su infancia, pero no podía idealizar a un jefe multimillonario y tampoco podía dejar que él la idealizase.

–Esa es quien era –le dijo, intentando mostrarse segura–. Pero no es quien soy ahora. Los dos hemos crecido. Ya no somos dos niños jugando en la piscina y necesito este trabajo.

Sus miradas se encontraron y Sofía vio algo en los ojos de Eric en lo que no quería pensar demasiado.

–Entonces, el puesto es tuyo.

Capítulo Dos

Estaba cometiendo un error. Eric lo supo antes de que las palabras salieran de su boca, pero para entonces ya era demasiado tarde. Le había ofrecido el puesto de gerente a una persona que tal vez no estaba cualificada.

Eso era cierto, pero no toda la verdad. Porque no se trataba de cualquier persona sino de Sofía Cortés. Prácticamente había crecido con ella.

Pero ya no era la niña a la que recordaba. La mujer que tenía delante era… eso, una mujer en todos los sentidos. Le llegaba casi por la barbilla, el espeso pelo negro apartado de la cara. Eric sintió el inexplicable deseo de enterrar los dedos en su pelo e inclinar a un lado su cabeza para besarla en el cuello.

¿Por qué no le había contado su madre que Sofía se había casado y tenía mellizos? ¿O que su marido había muerto? Ella debía saberlo.

–¿Estás seguro? –le preguntó Sofía, con cara de sorpresa.

Eric también estaba sorprendido porque siempre investigaba a fondo a los candidatos, incluso cuando tenía intención de contratarlos, como a Heather para el puesto de recepcionista. No solo era perfecta como el rostro de su agencia, sino que estaba terminando un máster en administración de empresas. No la había contratado solo porque fuese guapa sino porque era inteligente y cuando terminase sus estudios pasaría al departamento de contrataciones. Nunca era demasiado pronto para fomentar lealtades y sus empleados eran absolutamente leales.

Eso era algo que había aprendido de su padre. «Cultiva su talento, págalos bien y lucharán por ti». ¿No era por eso por lo que Sofía estaba allí? ¿Porque la familia Jenner había apoyado siempre a la familia Cortés?

–Por supuesto –respondió, aparentando una convicción que no sentía–. ¿Crees que puedes hacer el trabajo?

Sofía se puso colorada y Eric pensó que no debía notar lo guapa que estaba cuando se ruborizaba. No parecía una viuda con dos niños pequeños.

Tenía un aspecto tan atractivo y tentador...

Pero no se dejaría tentar. Una de sus reglas era no mantener relaciones con ninguna empleada. Flirtear tal vez, pero jamás hacer pensar a una empleada valiosa que no podía decirle que no al jefe.

Sería una pena contratar a Sofía porque eso la pondría fuera de su alcance. Y no pasaba nada, qué tontería. Ella, viuda con dos hijos pequeños, tenía sus propios problemas y él no necesitaba más complicaciones.

Sofía se aclaró la garganta.

–Aprendo rápido. Ayudé a mi padre a abrir su negocio cuando estaba en la universidad y llevo vendiendo casas desde que terminé la carrera –le dijo–. Lo he hecho hasta...

Diecisiete meses antes, cuando su marido murió. Y sus mellizos, dos niños preciosos, tenían quince meses, pensó Eric.

El mundo inmobiliario era una apuesta en el mejor de los días, pero él siempre sopesaba los pros y los contras y nunca apostaba más de lo que podía permitirse perder.

Por supuesto, en su caso podía permitirse perder mucho dinero.

Pero, por alguna razón, ninguno de los habituales controles pesaba mucho en aquella decisión. Sofía era una vieja amiga, sus padres eran buena gente y esos niños…

–El puesto es tuyo –repitió–. Tardarás algún tiempo en acostumbrarte, pero estoy seguro de que enseguida te pondrás al día.

Tenía que darle una oportunidad. Y si no era capaz de adaptarse al ritmo de trabajo, la ayudaría a encontrar otro puesto que se ajustase más a su experiencia. Algo con un horario de oficina y un salario que la ayudase a criar a sus hijos. Y si era así, no trabajaría para él, ¿no? Entonces podría conocerla mejor. Cada centímetro de ella.

«Demonios». No podía pensar en Sofía de ese modo cuando estaba a punto de contratarla.

–Es maravilloso –dijo ella, emocionada.

–Ofrecemos un generoso paquete de beneficios –prosiguió él–. El salario base es ciento veinte mil dólares al año, con bonificaciones basadas en los resultados. ¿Te parece suficiente?

Sofía lo miraba boquiabierta. Él podía permitirse pagar bien a sus empleados porque contratar a los mejores a la larga era siempre buena idea, pero su expresión no le decía si se sentía insultada o asombrada por esa cantidad.

–No puedes hablar en serio –dijo por fin, con voz estrangulada.

Eric enarcó una ceja. Unos cuantos miles de dólares extra no eran nada para él, dinero de bolsillo.

–¿Qué tal ciento cuarenta y cinco mil?

Sofía se puso alarmantemente pálida.

–Tus habilidades negociadoras están un poco oxidadas –dijo por fin, llevándose una mano al corazón–. Se supone que no debes aumentar la oferta, y menos en veinticinco mil dólares. Ciento veinte mil es suficiente. Más que suficiente.

Eric esbozó una sonrisa.

–Y tus habilidades como negociadora… –empezó a decir, sacudiendo la cabeza–. Este habría sido el momento perfecto para decir: ciento cincuenta mil y firmo ahora mismo. ¿Seguro que vendes casas?

Sofía palideció aún más y Eric pensó que bromear no era lo más sensato en ese momento. De hecho, parecía a punto de desmayarse.

–¿Te encuentras bien? –le preguntó, levantándose para ir al bar y tomar una botella de agua mineral. Sofía respiraba de forma agitada cuando volvió a su lado–. ¿Qué te pasa?

–No puedo…

Eric dejó la botella de agua sobre la mesa y puso dos dedos en su cuello para tomarle el pulso. Era muy débil y tenía la piel sudorosa.

–Respira –le ordenó, colocándole la cabeza entre las rodillas–. Sofía, cariño, respira.

Se quedaron así durante unos minutos, con él frotándole la espalda e intentando calmarla. ¿Qué había pasado? Normalmente, la gente saltaba de alegría cuando mencionaba el salario que ofrecían en su empresa, pero Sofía había intentado rechazarlo.

Eric siguió acariciándola, notando cómo los músculos de su espalda se relajaban y contraían. Sentía el calor de su cuerpo a través de la chaqueta y no podía imaginarse a sí mismo tocando a otra persona de ese modo.

Sofía seguía intentando respirar. ¿Era una crisis de ansiedad, estaba enferma? Cuando volvió a tomarle el pulso notó que parecía más firme. Tenía que distraerla, pensó.

—¿Te acuerdas de las carreras de barcos que solíamos hacer? —le preguntó.

—Sí —respondió ella—. A veces me dejabas ganar.

—¿Te dejaba ganar? Venga, Sofía. Tú me ganabas en buena lid.

Ella levantó la cabeza, con una temblorosa sonrisa en los labios.

—Estás siendo considerado —le dijo, con un tono extrañamente suave.

Estaban tan cerca. Si quisiera besarla, solo tendría que inclinarse un poco...

Entonces Eric recordó algo. La había besado una vez, cuando eran niños. Marcus Warren le había desafiado a besarla y él lo había hecho. Y Sofía se lo había permitido. Pero si la besaba en ese momento no sería un tímido roce de los labios. No, ahora enterraría la lengua en su boca para saborear su dulzura. Se haría dueño de su boca y ella...

Se apartó con tal brusquedad que estuvo a punto de caer de espaldas.

–Toma –dijo con voz ronca, quitando el tapón y ofreciéndole la botella de agua.

¿Qué demonios le pasaba? No podía pensar en Sofía Cortés de ese modo. Daba igual que ya no fuese una niña inocente, daba igual que hubiera estado casada y tuviese hijos. No podía pensar en ella de ese modo. Acababa de contratarla.

Ella tomó un sorbo de agua, sin mirarlo.

–No sabía lo caros que eran esos barcos de juguete hasta que hundimos al perdedor la última vez. El mío, claro.

–Tú eras una buena oponente, pero la avalancha fue inevitable –bromeó él. Apenas recordaba el barco, pero sí recordaba lo bien que lo habían pasado mientras hundían el barco con un pedrusco tan grande que tuvieron que levantarlo entre los dos. La salpicadura había sido enorme–. Debes admitir que fue divertido.

Sofía lo miró entonces.

–¿Cuántos años teníamos? Sigo recordando la expresión horrorizada de mi madre cuando nos pilló.

–Yo tenía diez años, creo –respondió Eric. Su madre estaba exasperada con él, pero su padre no podía dejar de reír cuando describió el «desprendimiento».

Por supuesto, le habían obligado a sacar todas las piedras del estanque. En opinión de su madre, el encargado de la piscina no tenía por qué trabajar horas extra por su culpa. Aun así, hicieron falta tres personas para sacar la enorme roca del fondo del estanque.

–Mi madre se asustó al pensar que tendríamos que pagarlo nosotros. Sabía que esos barcos eran muy caros.

–Por eso yo asumí toda la culpa –dijo Eric, apoyándose en el escritorio y cruzando los brazos sobre el pecho.

Daría cualquier cosa por estar en el lago en ese momento. Allí, con el sol en la cara y el viento en el pelo, sería capaz de pensar con claridad. En la oficina se sentía confundido. Sofía había recuperado algo de color y parecía… bueno, no era la chica que había conocido una vez, pero tal vez podrían ser amigos.

Amigos sin derecho a roce, claro.

–Siempre lo fuiste –murmuró ella antes de tomar otro sorbo de agua.

–¿Siempre fui qué?

–Amable. Una de las personas más consideradas que he conocido nunca –respondió Sofía, bajando la mirada–. Sigues siéndolo. Este trabajo…

¿Considerado? Él no era considerado sino calculador. Estaba fomentando su lealtad, animándola y cuidando de su negocio. Y si no salía bien… bueno, entonces le demostraría lo «amable» que podía ser. Le quitaría la chaqueta y la falda tan rápido que le daría vueltas la cabeza.

Eric rio de sus propios pensamientos, pero era un sonido amargo.

–No lo soy. Soy implacable, un canalla sin corazón. ¿Es que no lees los periódicos?

Capítulo Tres

Eric la miró durante unos segundos y luego se dio la vuelta para admirar la vista del lago.

Sofía lo observó a contraluz. Los hombros anchos, el pelo rizándose en las puntas sobre el cuello de la camisa... por no hablar de su trasero bajo ese pantalón hecho a medida.

Había leído los periódicos, por supuesto. Sabía que lo habían dejado plantado ante el altar, que había sido escogido como uno de los cinco solteros más cotizados de Chicago y que era implacable en los negocios. Pero ese no era Eric en realidad. ¿Quién era entonces? Aunque la vida los hubiese cambiado a los dos, sabía que en el fondo seguían siendo las mismas personas que antes. Y Eric no era un canalla sin corazón.

Un canalla sin corazón no habría acariciado su espalda como lo había hecho él cuando sufrió el ataque de ansiedad. No se habría mostrado preocupado. Un canalla sin corazón no la habría mirado como si estuviera a punto de besarla y, desde luego, no se habría conformado solo con mirarla.

En fin, hacía mucho tiempo que no la habían besado, así que no podía estar segura. David y ella habían disfrutado de una gran pasión durante cuatro años, antes de quedar embarazada, pero cuando su cuerpo empezó a cambiar, también su vida amorosa había cambiado. La intimidad había sido más profunda, más rica… pero a expensas de la pasión.

Se abanicó con una mano. Hacía mucho calor allí.

–¿Seguro que quieres ofrecerme el puesto? Los buenos gerentes no sufren ataques de ansiedad.

–Por supuesto que los sufren, pero lo hacen a escondidas –respondió él, sin darse la vuelta–. Siempre he pensado que el mejor sitio para tener un ataque de ansiedad es tras una puerta cerrada –bromeó, volviéndose para mirarla con una sonrisa en los labios.

–Eric…

–¿Te ocurre a menudo?

Sofía tragó saliva. ¿Cómo responder a esa pregunta sin dar a entender que podría no ser capaz de hacer el trabajo?

–Todo empezó cuando David murió. Uno de los ataques estuvo a punto de provocar un parto acelerado, pero lo controlaron a tiempo y estuve en la cama durante cinco semanas. Hacía meses que no me pasaba, pero es que no esperaba recibir una oferta tan…

–¿Generosa?

–Tan delirante –dijo ella. Era la primera vez que sufría un ataque de ansiedad después de recibir una noticia positiva–. No puedo aceptar tanto dinero. El anuncio decía sesenta mil dólares. No puedes doblar la cantidad solo porque fuéramos amigos una vez.

Él resopló, mirándola con una expresión que sí parecía un poco implacable.

–Seguimos siendo amigos y claro que puedo hacerlo. ¿Quién va a impedírmelo?

Ciento veinte mil dólares era algo más de lo que David y ella solían ganar en un año. Podría hacer muchas cosas con ese dinero, pero no quería caridad.

–La mayoría de los puestos de gerente pagan cincuenta mil o sesenta mil dólares al año –insistió Sofía.

De nuevo, Eric resopló.

–Si crees que el puesto de gerente aquí es como en una inmobiliaria cualquiera, te equivocas. Tendrás un horario normal la mayoría del tiempo, pero también tendrás que viajar alguna vez. No se trata de pedir material de oficina y decidir cómo distribuirlo entre los empleados. Aquí trabajan abogados, arquitectos, agentes inmobiliarios, especialistas en impuestos, miembros de grupos de presión…

–¿Grupos de presión?

Que no supiera por qué necesitaba grupos de presión era una señal de que aquello la sobrepasaba.

–Para negociar con los ayuntamientos y conseguir exenciones fiscales, por supuesto. Estamos desarrollando un proyecto en San Luis y, si jugamos bien nuestras cartas, conseguiremos una exención fiscal en la ciudad, el condado y el estado –dijo Eric, sonriendo como si le hubiese tocado la lotería–. Además, ¿qué son cincuenta mil dólares para un hombre como yo?

Nada, probablemente. Eso no arruinaría a un multimillonario, pero lo que contaba era el principio.

–Pero yo no…

–Por cierto –siguió él como si no la hubiese oído–, ahora tengo un barco mucho mejor. Deberías venir conmigo a navegar algún día.

–¿Es un velero? –le preguntó Sofía.

–No, un yate. Y no lo hundiremos con una piedra, así que no te preocupes. Podrías… –Eric hizo una pausa–. Podrías llevar a los niños. Seguro que les encantaría navegar.

¿Qué estaba pasando? Le había dado el puesto y pensaba pagarle un dineral. ¿Y, además, la invitaba a navegar con él, llevando a dos niños revoltosos?

–Eric…

–Da igual. He oído que el canalla de tu jefe no te deja salir de la oficina –bromeó él–. Venga, vamos a descubrir dónde te has metido, ¿te parece?

Tres horas después, Sofía había visto sus miedos confirmados: el puesto de gerente en aquella oficina la sobrepasaba. Y tenía la impresión de que Eric también lo sabía, pero eso no parecía preocuparle en absoluto.

Estaba poniendo demasiada fe en ella y no quería defraudarlo. Tampoco quería defraudar a su madre y a sus hijos, pero sobre todo tenía que hacerlo por ella misma. Estaba cansada de que el destino la aplastase. Tenía que tomar las riendas de su vida y aceptar el puesto de gerente era el primer paso.

–Y aquí están Meryl y Steve Norton –estaba diciendo Eric mientras llamaba a la puerta de un despacho–. Meryl es la negociadora en el proyecto de San Luis y Steve es el director del proyecto. Ayuda mucho que estén casados –añadió en un susurro mientras la puerta se abría–. Chicos, os presento a Sofía Bingham. Es nuestra nueva gerente.

–Bienvenida –dijo un hombre alto y jovial. Tenía

algo de barriga, pero su sonrisa era agradable y sus ojos cálidos–. Has llegado al loquero –añadió, mientras estrechaba su mano–. Soy Steve y me encargo de los contratistas.

Una mujer bajita se levantó del sillón, al otro lado del despacho. Steve le pasó un brazo por los hombros.

–No le hagas caso, no es tan malo. Yo soy Meryl y me encargo de los políticos. Si tienes alguna pregunta, no dudes en hacerla.

El reloj con teléfono móvil incorporado de Eric emitió un pitido.

–Tengo que responder a esta llamada, Sofía. Cuando hayas hablado con los Norton, pídele a Heather que te lleve al almacén de suministros. Si sigo aquí cuando hayas terminado, pasa por mi despacho. Si no, habla con Tonya. Ella tendrá el contrato preparado.

Y después de decir eso desapareció. Sofía se había sentido cómoda a su lado porque parecía ver a sus empleados como personas. Le había hablado de los introvertidos, que necesitaban paz y tranquilidad para concentrarse, y los extrovertidos, que necesitaban que alguien los ayudase a no perder la concentración. Y estaba claro que Steve Norton era un extrovertido.

–Corre el rumor de que el jefe y tú os conocíais –empezó a decir, con un brillo travieso en los ojos.

–Cariño –lo reprendió su mujer, dándole un codazo. Si no fuese tan pequeña le habría dado en las costillas, pero era tan bajita que más o menos acertó en la cadera–. No cotillees. Le gusta cotillear –le dijo a Sofía–. ¿El señor Jenner te ha dicho que tendrás que viajar?

–Sí, me lo ha dicho –respondió Sofía–. Y sí, nos

conocimos hace mucho tiempo, cuando éramos niños. Su padre ayudó al mío a abrir una pequeña agencia inmobiliaria.

Era mejor dejar claro que Eric y ella nunca habían sido novios porque en una oficina de ese tamaño los cotilleos podrían hacer que su vida fuese un infierno.

—Estamos planeando un viaje a San Luis el mes que viene —le contó Meryl—. Se han quedado sin su equipo de futbol y una sección del centro de la ciudad se ha convertido en un barrio marginal. No esperamos que te involucres en las negociaciones, pero organizar los viajes sería tu responsabilidad. Hasta ahora, Heather y yo nos hemos encargado de todo, pero sería buena idea que vinieras con nosotros, así sabrás cómo hace las cosas el señor Jenner. Tienes experiencia en el mundo inmobiliario, ¿no?

—Llevo en ello desde los catorce años, pero esta agencia está a un nivel muy diferente —admitió ella.

Muy bien, podía ir de viaje con Eric, ningún problema.

—Genial, entonces el viaje a San Luis será un buen aprendizaje —dijo Meryl, que hablaba como una negociadora—. Así tendrás oportunidad de ver cómo puedes ayudar. Entender el negocio es la clave para entender cómo funciona la oficina.

Sofía miró a Steve. No hablaba mucho para ser el director del proyecto. Parecía como si quisiera preguntar algo, seguramente algo de naturaleza personal, pero Meryl prosiguió:

—Te enviaré el itinerario por correo electrónico. Estamos deseando trabajar contigo, pero nadie espera que te encargues de Steve. Ese es mi trabajo –le dijo, haciéndole un guiño.

Steve protestó, pero cuando se despidieron los dos estaban riéndose.

Sofía se quedó un momento en el pasillo, intentando orientarse. Había salido de casa cuatro horas antes y su madre estaría preocupada. Aunque la situación no sería desesperada hasta que los mellizos despertasen de su siesta.

Pensativa, se acercó a una de las ventanas del pasillo. Desde allí no podía ver el lago Michigan, pero el panorama de Chicago desde esa altura era fabuloso. Se asomó a la ventana y, bajo un agradable haz de luz de sol, comprobó sus mensajes. Su madre le había enviado una fotografía de los niños devorando el almuerzo y el corazón se le encogió al mirar a sus hijos.

Cuando descubrió que iba a tener mellizos había pensado tomarse un tiempo libre. Incluso había pensado dejar de trabajar durante un par de años, pero David había muerto y el dinero del seguro de vida se había agotado poco después. Por eso necesitaba aquel trabajo. Y, aunque aquel día había sido abrumador, debía reconocer que era agradable mantener una conversación con adultos sin tener que gritar.

Respondió al mensaje, en el que su madre le preguntaba a qué hora volvería a casa, y luego se quedó un momento mirando la impecable oficina. Aquel trabajo significaba tanto para ella. No tenía que ser solo una mujer viuda, madre de dos hijos. Eric iba a darle la oportunidad de ser algo más y Sofía se dirigió al vestíbulo para hablar con la recepcionista.

–Hola, el señor Jenner me ha dicho…

Heather la interrumpió sin molestarse en levantar la mirada del ordenador.

–Un momento.

Sofía tragó saliva. Después de un largo minuto de espera, la joven terminó de hacer lo que estuviese haciendo y se levantó, sacudiendo la brillante melena rubia que le caía hasta la mitad de la espalda.

–El almacén de suministros está por aquí –le dijo, llevándola a una habitación tras la escalera de emergencia. Heather cerró la puerta y se volvió hacia ella–. No sé si alguien te lo ha dicho ya –empezó a decir. Y Sofía se preparó para lo peor– pero todos nos alegramos mucho de que estés aquí.

Vaya, aquello sí que era inesperado.

–¿Perdona? ¿De verdad?

–Pues claro que sí. Stacy, la antigua gerente, acaba de tener un hijo y ha decidido dejar de trabajar durante unos años. El señor Jenner me ofreció el puesto, pero estoy terminando un máster y, entre el trabajo en recepción y los estudios, estoy agotada. No sabes cuánto me alegro de que te haya pasado a ti las riendas de la oficina –le dijo. Y su sonrisa parecía genuina.

Sofía se dio cuenta de que la había juzgado mal. Que fuese joven y guapa no significaba que fuese maliciosa o presumida.

–¿Te gusta trabajar para él? –le preguntó, recordando ese guiño compartido–. ¿Qué tal es como jefe?

–¡El mejor! –respondió ella–. ¡En serio! ¡La empresa me está pagando el máster y ya han incluido a mi pareja en el paquete de beneficios, aunque aún no nos hemos casado! –Heather tenía la costumbre de terminar las frases como si estuviese exclamando–. Otros multimillonarios son insoportables, pero el señor Jenner tiene los pies en la tierra. Solo por el paquete de beneficios merece la pena trabajar aquí. ¡Todo lo demás es la guinda del pastel!

«Mi pareja». Sofía sonrió de oreja a oreja.

–¿Cómo se llama tu novio?

Ella esbozó una sonrisa algo tímida.

–Se llama Suzanne.

–Ah, perdona, no sabía…

–No te preocupes –dijo Heather, haciendo un gesto con la mano–. El señor Jenner coquetea con todo el mundo, pero lo hace de broma –agregó, bajando la voz–. Se supone que no debemos hablar de su antigua prometida, así que te recomiendo que no saques el tema.

–Ah, claro.

–Nunca mantiene relaciones con las empleadas. Hace poco llegó una chica nueva a la oficina y se le insinuó.

No estaba bien cotillear sobre Eric, ni como amiga ni como empleada, pero ese noble pensamiento no impidió que Sofía preguntase:

–¿Y qué pasó?

–Que la chica desapareció un mes más tarde.

–¿La despidió?

–No, eso es lo más raro. Recibió una oferta mejor de una empresa rival. Según los rumores, el señor Jenner lo organizó todo. Le oí diciéndole a los Norton que Wyatt se llevaba su merecido con el trato.

Wyatt. ¿No había conocido a un Robert Wyatt cuando eran niños? Un chico que la acorraló mientras Eric estaba en el baño e intentó meterle mano. Recordando las lecciones de su padre, Sofía le había dado un rodillazo en la entrepierna y Eric había encontrado a su amigo tirado en el suelo, gritando de dolor. Había temido que despidiesen a su madre, pero Wyatt nunca volvió a la casa y la señora Jenner le había comprado una muñeca y un vestido nuevo.

–¿Os conocíais de antes? –le preguntó la joven.

Heather, se dio cuenta Sofía, era la chismosa de la oficina. Sería bueno tenerla de su parte, pero no quería contarle que Eric y ella habían sido amigos de niños.

–Pues…

–Es que nunca le había oído decirle a una posible empleada, o a nadie, «cuánto has crecido».

–Nos conocimos de niños. Su padre ayudó al mío a abrir una agencia inmobiliaria –le contó Sofía–. Y, la verdad, me alegra ver que es el mismo de antes. Pensé que haberse convertido en multimillonario lo habría cambiado.

Heather dejó escapar un pesado suspiro.

–No creo que sea el dinero lo que lo ha cambiado –dijo en voz baja. Luego esbozó una sonrisa–. Bueno, aquí está la lista de proveedores de café…

Sofía no tuvo oportunidad de preguntar qué había querido decir con eso, y tampoco sabía si importaba. Lo que importaba era que Eric iba a darle una oportunidad increíble, que sus empleados parecían encantados allí y, sobre todo, que no se acostaba con la recepcionista.

Todo iba a salir bien, pensó con renovada determinación.

Capítulo Cuatro

Eric debería estar navegando en ese momento. Solo había una razón por la que aún seguía frente a su escritorio: Sofía. No podía irse sin comprobar que había aceptado el puesto.

Debería estar leyendo el contrato y el acuerdo de confidencialidad, pero no podía concentrarse. O repasando el itinerario para el viaje a San Luis, pero tampoco era capaz de hacerlo porque estaba pensando en Sofía. No recordaba la primera vez que la había visto, pero siempre había estado ahí. Tampoco hubo ninguna despedida formal. La familia Cortés no había acudido a su fiesta de despedida cuando se marchó a Nueva York y él no la había buscado.

Pero siempre había sido parte de su vida... hasta que desapareció. Y, de repente, estaba de vuelta en su vida. Una madre con dos hijos pequeños que dependían de ella. Aceptaría el puesto, estaba seguro.

Un golpecito en la puerta interrumpió sus pensamientos.

—¿Sí?

La puerta se abrió y allí estaba. Eric se quedó sin aliento cuando entró en el despacho. No parecía posible que fuese más guapa cada vez que la veía, pero no podía negarlo; estaba más guapa que una hora antes.

–Sigues aquí –le dijo, sorprendida–. Pensé que estarías en el lago.

Eric sonrió. No significaba nada que recordase cuánto le gustaba navegar. Todo el mundo pensaba que eso era parte de su excéntrico encanto, pero Sofía siempre había entendido que necesitaba el agua como otras personas necesitan el aire.

–Sigo aquí. Siéntate, estaba leyendo el contrato.

La observó mientras atravesaba el despacho para sentarse frente a él. Parecía un poco tímida, pero no a punto de sufrir otro ataque de ansiedad.

–Supongo que no habrás reducido el salario a una cantidad razonable.

–Ciento veinte mil dólares al año es una cantidad razonable.

Ella rio.

–¿Y si no estuviese a la altura?

Eric se quedó sorprendido porque parecía hablar en serio.

–Deja de actuar como si este no fuera tu sitio.

–No lo hago. Eres tú quien intenta hacer que encaje en este mundo.

–Bueno, tú has venido a una entrevista de trabajo –le recordó él. Sofía, evidentemente, no podía discutir–. Pues muy bien, estamos de acuerdo. Tú quieres el puesto de gerente y yo te lo he dado –añadió, empujando el contrato por el escritorio–. Es un contrato típico, con los detalles del plan de beneficios y un acuerdo de confidencialidad. Puedes llevártelo a casa para estudiarlo. Si decides aceptar, me gustaría que empezases la semana que viene. Pero tienes que aceptar, Sofía.

Ella frunció el ceño.

—No hay manera de convencerte, ¿verdad?

—Claro que no. Yo nunca pierdo cuando tengo la razón.

—¿Qué vas a contarle a tus padres?

—No veo por qué tengo que contarle nada a mis padres.

Aunque le gustaría saber por qué su madre le había ocultado que Sofía se había casado y no había forma de preguntar sin contarle que estaba trabajando para él.

—Imagino que tus padres saben dónde estás.

—Sí, claro. Y están preocupados.

—¿Por qué?

—Porque ellos saben que no tengo experiencia para un puesto como este —respondió Sofía—. No debería decirte esto porque la verdad es que ya no somos amigos, solo viejos conocidos porque mis padres trabajaban para los tuyos. Si acepto el puesto serías mi jefe, así que no debería hablarte de las esperanzas de mis padres, o de los ataques de ansiedad tras la muerte de mi marido. Y tú no deberías hacerme esas preguntas… ¡se supone que no deberías saber esas cosas sobre una empleada!

Había levantado la voz y Eric se echó hacia atrás en el sillón, sorprendido.

—Sofía.

—Ay, Dios mío —murmuró ella—. Y, desde luego, no debería gritarle al jefe. No podría haber hecho una entrevista peor, ¿verdad?

Si fuese otra persona estaría de acuerdo, pero se trataba de Sofía.

Nadie, a excepción de sus padres, le hablaba así. Todo el mundo lo trataba como si fuese una sustancia química volátil y temiesen su reacción. Incluso Marcus Warren, que siempre decía lo que pensaba, solía contenerse con él.

Que Sofía le hablase así debería enfadarlo, pero…

Lo único que podía pensar era cuánto la había echado de menos. Y cuánto esperaba que también ella lo hubiese añorado.

—Necesitas un amigo.

Ella lo miró con los ojos sospechosamente brillantes.

—Tal vez tú también lo necesitas —dijo, antes de levantarse—. Voy a aceptar el puesto porque lo necesito, pero no quiero ser objeto de compasión. No me debes un salario exagerado, no me debes nada. Soy tu empleada, intenta recordar eso.

Aquella fue una de las charlas más efectivas que había recibido en su vida. Tanto que lo único que podía hacer mientras Sofía salía del despacho era sonreír.

—¡Mamá! —gritaron dos vocecitas al unísono cuando Sofía entró en casa.

Seguía sintiéndose un poco mareada, pero al menos allí, en casa de sus padres, viendo las preciosas sonrisas de sus dos hijos, todo volvía a su sitio.

—¡Mis niños! —gritó, abriendo los brazos. Los mellizos se lanzaron en tromba hacia ella, casi haciéndole perder el equilibrio sobre los tacones—. ¿Habéis sido buenos con la abuelita?

—Han sido buenísimos —dijo su madre, levantándose

del suelo–. ¿Qué tal la entrevista? ¿Has conseguido el trabajo? ¿Eric se acordaba de ti?

Sofía se sentó en un sofá más viejo que ella, con los niños en brazos. Addy empezó a canturrear mientras Eddy le enseñaba orgullosamente un papel en el que había dibujado rayas de colores.

–Ah, qué bonito –dijo Sofía.

Eddy empezó a parlotear. Los niños aún no sabían hablar, pero siempre tenían mucho que decir. Como esperaba, Addy se tomó su atención por Eddy como un desaire a sus méritos artísticos, y fue a buscar su dibujo. Los niños siempre estaban compitiendo y alguna vez la competición terminaba en lágrimas.

Después de felicitar a su hija por el dibujo, Sofía se arrellanó en el viejo sofá mientras los niños volvían a colorear sentados en el suelo. La familia Cortés no malgastaba su dinero en muebles caros. A pesar de que la agencia inmobiliaria iba bien, seguían siendo ahorradores, y esa era una lección que Sofía había aprendido desde niña. Había tardado mucho tiempo en acostumbrarse a la personalidad más derrochadora de David, que cuando quería algo, sencillamente, lo compraba sin pensarlo dos veces. Casi todas sus peleas habían sido por dinero. Ella no se sentía cómoda gastándolo alegremente, pero David no podía entender por qué no quería tener cosas bonitas en casa.

Y Eric era un millón de veces peor que David. Lo más extravagante que había hecho su marido, aparte de gastarse cinco mil dólares en el anillo de compromiso, había sido comprar una televisión de última tecnología que ocupaba toda una pared del cuarto de estar.

Eric iba a pagarle cincuenta mil dólares más de lo que decía el anuncio. ¿Pero no era una tontería no querer aceptarlo? Necesitaba ese dinero. El dinero del seguro de vida de su marido se había agotado y había tenido que mudarse a casa de sus padres.

Sofía suspiró. Eric tenía razón, cincuenta mil dólares al año no eran nada para él y ella había ido a la entrevista esperando que la amabilidad de los Jenner la ayudase a salir adelante. No podía rechazarlo.

Su madre le ofreció un vaso de limonada, mirándola con gesto de preocupación.

–Bueno, cuéntame.

–Me recordaba y he conseguido el puesto –dijo Sofía, tomando el vaso–. Y va a pagarme un dineral.

Rosa dejó escapar un suspiro de alegría.

–Los Jenner siempre pagan bien. Son muy generosos.

Rosa Cortés había trabajado durante toda su vida para darle un futuro. Su madre se lo había dado todo y era hora de devolverle el favor.

–Voy a empezar a pagarte por cuidar de los niños. Y contrataremos a alguien para que te ayude.

–No, de eso nada –protestó Rosa–. Me encanta estar con mis nietos, no es un trabajo para mí.

–Dejaste tu trabajo para quedarte en casa con ellos. Siempre has cuidado de mí, mamá, deja que yo cuide un poco de ti.

Rosa frunció los labios, el único gesto de enfado que se permitía cuando estaba molesta por algo. Rosa Cortés era la reina de los buenos modales.

–No tienes que pagarme nada –protestó.

–Pondré el dinero en una cuenta a tu nombre y contrataré a alguien para que te ayude con los niños. No discutas, mamá. Sabes que papá se pondrá de mi lado –insistió Sofía.

No quería herir los sentimientos de su madre sugiriendo que no podía hacerlo todo, pero su padre le había confesado que le preocupaba que los niños fuesen demasiado para ella. Su madre parecía a punto de protestar, pero entonces Addy dejó a un lado los lápices y señaló el vaso de Sofía, como diciendo que también ella quería limonada. Para no quedarse atrás, Eddy se dejó caer sobre la alfombra y empezó a llorar.

–Venga, a lavarse las manos. Vamos a comer una galleta –dijo su madre, tomando al niño en brazos. Addy fue tras ellos porque la galleta era lo más importante del mundo en ese momento.

Sofía sonrió. Tenía fotografías de David a esa edad y Eddy especialmente era su viva imagen. El pelo de Addy era algo más oscuro, su carita más redonda, como la suya de niña.

Suspiró, agradeciendo ese momento de silencio. Tal vez su madre tenía razón y Eric solo estaba siendo generoso como lo habían sido sus padres. Tal vez no tenía nada que ver con ella. Para un hombre como él, un Jenner, el dinero era la solución más fácil porque nunca se les terminaba.

Pero a ella le parecía… peligroso. Más que cuando la ayudó en el ataque de ansiedad, más que cuando clavó en ella su mirada ardiente. Era fácil descartarlo como un inofensivo flirteo. Eric había tonteado con ella como lo hacía con Heather.

No, lo que le parecía peligroso era que hubiese afirmado que él podía mantenerla a salvo.

Era un detalle, pero Sofía había visto algo en sus ojos, un extraño brillo de anhelo. Lo habían dejado plantado ante el altar, pensó. ¿Habría estado enamorado de su prometida? ¿Se habría sentido inseguro después de eso? ¿Cuánto habría caído antes de volver a levantarse?

Sofía sacudió la cabeza. Daba igual. No podían ser amigos como en los viejos tiempos. Era su empleada y, además, no iba a arriesgarse a que volvieran a romperle el corazón.

–¿Qué voy a hacer, David? –susurró.

Debería pagar las facturas, contratar a alguien para que ayudase a su madre y empezar a vivir otra vez. Y podía hacer todo eso sin verse envuelta en la vida de Eric. Controlaría cualquier comportamiento que no fuese profesional. Nada de ataques de ansiedad, al menos en público, nada de decirle que no estaba capacitada para hacer el trabajo. Aquel no era su mundo, pero podía intentar acostumbrarse.

Necesitaba el trabajo y el salario, pero debía recordar que no necesitaba a Eric.

Capítulo Cinco

–¡Cariño!

–Hola, mamá.

Elise Jenner estaba sentada tras su escritorio en el despacho de la mansión. Su padre tenía un despacho contiguo, pero la puerta se mantenía siempre cerrada porque su madre temía que el desorden de John Jenner se contagiase a toda la casa.

La decoración del despacho podría ser descrita como «Luis XVI enloquecido»: rococó, dorados y sofás tapizados en un color rosa casi cegador. Todo en Elise Jenner era exagerado. Aunque él no era quién para criticar. Eric no decoraba con pan de oro, pero sus edificios habían sido descritos como «exagerados» en más de una ocasión.

–No te esperábamos esta noche –dijo su madre, observándolo mientras se quitaba los zapatos antes de pisar la alfombra persa, una regla que había cumplido desde que era niño–. ¿Qué te ocurre?

–¿Por qué no me habías contado que Sofía Cortés se había casado y era viuda? ¿O que tenía mellizos?

Su madre pareció sorprendida.

–No sabía que la recordases. Nunca has preguntado por ella.

–¿Cómo iba a olvidarla? –replicó él–. Era mi mejor

amiga cuando éramos niños. Una amistad que, si no recuerdo mal, tú siempre animaste.

Elise inclinó a un lado la cabeza. A pesar de su amor por el diseño extravagante, su madre era una mujer de ideas clásicas y había cultivado una imagen llamativa que usaba cuando le convenía.

–¿Qué ha pasado, cariño?

Ir a ver a sus padres en ese estado había sido un error. Quería respuestas, no un interrogatorio. Pero el encuentro con Sofía lo tenía confundido.

–La he contratado. Es mi nueva gerente.

–Ah.

Eric fulminó a su madre con la mirada.

–Y como tú no me habías contado nada, he hecho el ridículo. No sabía que tuviera hijos. Mellizos, además.

–Ya veo –murmuró Elise, de esa forma suya tan irritante.

–¿Dónde está papa? –preguntó Eric, intentando cambiar de tema. El despacho de su padre era desordenado y acogedor. Con él, podía tirarse en el sofá, tomar una cerveza y ver algún partido de futbol en televisión. Y no hablar de los hijos de otras personas.

–Ha ido a ver un dúplex en la Costa Dorada. Está cerca del muelle, tiene unas vistas increíbles y son casi mil metros cuadrados. Más que suficiente para una familia –respondió su madre–. Deberías ir a verlo. Habrá que reformarlo, claro…

Sus padres estaban retirados, pero seguían tan activos y vitales como siempre. Ayudaba que su madre tuviese un gran cirujano plástico, claro. Nadie diría que era una mujer de más de sesenta años. Pero que no quisiera parecer una abuela no significaba que no quisiera nietos. Al contrario.

Sí, ir allí había sido un error.

—Mamá, no vamos a hablar de nietos otra vez.

—¿Por qué no? —le preguntó ella con tono inocente antes de lanzarse a la yugular—. ¿Entonces por qué te molesta tanto que Sofía tenga hijos?

—No me molesta, me ha sorprendido. No sabía que...

—¿Que hubiera crecido y hubiera seguido adelante con su vida? —terminó su madre la frase por él.

Algunos de sus amigos, sobre todo Marcus Warren, habían tenido unos padres monstruosos. Eric sabía que era una suerte que los suyos siguieran queriéndose y queriéndolo a él.

—Me habría gustado saberlo.

—Lo entiendo —dijo su madre.

—¿De verdad? ¿Qué es lo que entiendes?

Eric sabía que estaba portándose como un idiota, pero no podía evitarlo.

Se encontraba pensando en la foto de los hijos de Sofía, Addy y Eddy, en la bañera, con el pelo mojado, riendo. Les encantaba el agua y seguramente lo pasarían en grande en una piscina. Él había enseñado a nadar a Sofía y sería divertido enseñar a nadar a sus hijos. Y, por supuesto, si los niños estaban en la piscina, Sofía estaría con ellos. Y eso planteaba una pregunta importante: ¿bikini o bañador? Le encantaría ver sus curvas con un bañador, el agua chorreando por su cuerpo mientras subía por la escalerilla, el sol haciendo brillar su piel cuando se tumbase sobre la toalla...

Eric tuvo que ajustarse discretamente el pantalón. Era bochornoso fantasear sobre una vieja amiga en el estudio de su madre. Debería haber ido a navegar. De hecho, iba a hacerlo. Atravesó la alfombra persa y volvió a ponerse los zapatos.

—Las cosas cambian, te guste a ti o no —dijo entonces su madre—. Ella ha cambiado y tú también. ¿Pero sabes lo que he descubierto?

—¿Qué?

Elise se levantó del sillón y puso las manos sobre sus hombros.

—Que por mucho que cambien las cosas, todo sigue igual —respondió ella—. Espero que le vaya bien en la oficina. Siempre fue una chica inteligente y una verdadera amiga.

Eric frunció el ceño porque tenía razón. Sofía era una mujer inteligente y guapa y, dijese ella lo que dijese, seguían siendo amigos.

Porque algunas cosas no cambiaban nunca.

No solía ir a la oficina por las tardes cuando hacía buen tiempo. Solía navegar a bordo del *Jennerosity* para alejarse de Chicago. En el lago podía respirar, lejos del ruido y el humo de la ciudad. No le importaba ser el playboy que la gente esperaba que fuese, uno de los solteros más cotizados, pero necesitaba recargar las pilas.

Había estado a punto de llamar a Sofía para pedirle que fuese con él. ¿Pero cómo iba a darle la tarde libre a su nueva gerente para llevarla a navegar? Era absurdo. Por supuesto, también él tenía que trabajar y había hecho un rápido viaje a San Luis para visitar su nueva propiedad. Creía saber cómo vendería el proyecto al ayuntamiento de San Luis, pero le gustaba visitar cada sitio sin avisar, sin nadie que le diese opiniones. La propiedad estaba alrededor de un campo de fútbol que había caído en el abandono cuando el equipo de San Luis se disolvió. Sin gente yendo por allí los fines de semana, las casas habían perdido valor y el alcalde empezaba a desesperarse.

No había visto a Sofía en varios días. No pasaba nada, no necesitaba verla a todas horas. Además, ella había dejado bien claro que solo iban a mantener una relación profesional, pero pensaba en ella constantemente y tenía que hacer un esfuerzo para no imaginarla en bikini. Heather le había contado que era muy organizada y parecía estar tomando el pulso de la oficina rápidamente.

–Menos mal –le había dicho–. El máster me está matando, pero ella me quita mucho trabajo y anoche, por fin, pude dormir unas cuantas horas.

Meryl y Steve le habían dicho algo parecido. Sofía era organizada y concienzuda, y sabía qué preguntar cuando no entendía algo.

–Es muy reservada –había comentado Meryl–, pero tengo la impresión de que sabe lo que hace.

–No necesitamos que sea charlatana. Para eso estoy yo –había bromeado Steve.

Eric estaba en su despacho, mirando el lago. Él sabía que Sofía aprendía rápidamente. La recordaba en su casa, siempre pendiente de todas las conversaciones hasta que había alguna en la que podía participar. No era reservada cuando estaban solos, pero para Sofía parecía que dos eran compañía y tres, multitud.

¿Serían sus hijos como ella, reservados y observadores, o traviesos y revoltosos?

Recordaba tantas cosas en las que no había pensado en mucho tiempo. El barco, el beso, enseñarla a nadar con su madre mirando nerviosamente desde la ventana de la cocina. Le había comprado un regalo de cumpleaños con su propio dinero, una Barbie de pelo oscuro, como el suyo.

Pero ya no era esa niña. Era una mujer y Eric quería conocerla mejor.

Sin saber cómo, se había encontrado frente a su escritorio.

–Hola.

Ella levantó la mirada, sorprendida. Estaba guapísima, pensó, tragando saliva. Tenía buen color y todo en ella irradiaba calma. No parecía angustiada o perdida. Pero no era por eso por lo que no podía apartar la mirada. Estaba más guapa que la última vez que la vio. Aquel día llevaba una chaqueta ajustada de color vino sobre una camisa estampada y el pelo sujeto a los lados, la melena de rizos oscuros cayendo por la espalda.

Dios, cuánto le gustaría quitarle la chaqueta y la camisa y enterrar los dedos en ese pelo sedoso, echar su cabeza hacia atrás y pasar los dientes por la delicada piel de su…

–Hola –dijo ella, interrumpiendo esos locos pensamientos.

–¿Cómo va todo?

–Bien. No te había visto en varios días –respondió Sofía.

–Los negocios no esperan por nadie. He oído que estás acostumbrándote muy bien.

–Por el momento, todo va bien –dijo ella, con aparente confianza–. Todo el mundo es amable conmigo, pero nos vamos a San Luis la semana que viene, ¿no? –le preguntó, mordiéndose el labio inferior.

Eric estuvo a punto de inclinarse para pasarle un dedo por los labios. No lo hizo, pero le temblaban las manos por el esfuerzo de contenerse. Llevaba un carmín de un rojo tan profundo que era casi marrón. Le quedaba de maravilla, pero… que Dios lo ayudase, le encantaría borrárselo.

Parecía preocupada por el viaje, pensó entonces. ¿Era la idea de viajar o la idea de viajar con él?

–¿Nerviosa por tener que dejar solos a tus hijos? –le preguntó, tomando una fotografía enmarcada de los niños que había sobre el escritorio.

Eran preciosos. Eddy, con una diminuta corbata, estaba de pie, apoyado sobre un pequeño taburete. Addy, con un vestido rosa y dos coletas, sentada en una manta a su lado. Eran… perfectos. Algo en el pecho se le encogió.

Qué pena que el marido de Sofía no hubiera vivido lo suficiente para disfrutar de su maravillosa familia. Si él tuviese una esposa como Sofía y unos niños como esos, no haría algo tan estúpido como morirse. Pasaría el resto de su vida haciéndolos felices, les daría todas las oportunidades que él había tenido y más.

Eric empezó a fantasear… trabajar con Sofía, volver a casa al final del día para hacer esas cosas que había visto hacer a Marcus con su mujer y su hijo: jugar en el parque, cenar juntos. Luego, cuando los niños estuvieran dormidos, Eric la tomaría en brazos para llevarla a la cama, donde pasaría la noche, y parte de la mañana siguiente, perdido en los placeres de su cuerpo.

Era una fantasía perfecta, pero no podía entrar en la vida de Sofía de ese modo. Él no se acostaba con sus empleadas. Ni siquiera debería fantasear con ella.

Entonces se dio cuenta de que Sofía no había respondido a su pregunta. Cuando levantó la mirada y la encontró observándolo volvió a dejar la fotografía sobre el escritorio.

—Yo también los echaría de menos —admitió, tocando el marco con un dedo—. ¿Qué les parece que trabajes fuera de casa?

—Ha sido un poco duro —respondió ella en voz baja, como si temiese estar admitiendo una debilidad—. Pero no interfiere con mi capacidad para hacer el trabajo.

Eso debería ser lo que él quería escuchar. Quería que sus empleados fueran felices porque eso aseguraba que hicieran su trabajo de la mejor manera posible.

¿Entonces por qué sus palabras lo molestaban tanto?

—¿Qué te pasa, Sofía? —le preguntó.

Ella tardó un momento en contestar. Lo miró a la cara y luego miró los hombros y el resto del cuerpo. Eric no era tonto. Le gustaban las mujeres, había disfrutado de ellas desde que iba al instituto y estaba seguro de no haber malinterpretado esa mirada ni el rubor de sus mejillas.

Interés, atracción. Sofía lo miraba como si fuese un hombre con el que le gustaría hacer un viaje y su cuerpo respondió de una forma primitiva.

–Puedes contármelo.

Los ojos de Sofía se habían oscurecido de deseo y cuando se pasó la lengua por el labio inferior, Eric tuvo que tragar saliva, excitado. Se inclinó hacia delante como sin darse cuenta...

Pero ella apartó la mirada, rompiendo el hechizo.

–Estaba mirando el itinerario y, al parecer, vamos a cenar con el lugarteniente del gobernador y también habrá un cóctel con el alcalde. Pero verás... no sé qué ponerme.

–¿Ese es el problema?

–No... bueno, la verdad es que me preocupa no estar a la altura –respondió ella, poniéndose colorada–. Solo serán dos noches, ¿no?

–Nos iremos el viernes por la mañana y volveremos el domingo por la tarde.

Tendría que renunciar a navegar esa tarde, pero por alguna razón incomprensible, le gustaba la idea. Porque era una forma de sacarla de las estiradas chaquetas.

–Nos tomaremos la tarde libre para ir de compras –anunció–, así tendrás algo que ponerte.

Las limusinas, aunque prácticamente una exigencia entre los millonarios, eran muy inconvenientes para recorrer el centro de Chicago. Eric prefería su Ferrari F60, uno de los diez que habían fabricado, y prefería conducir él mismo.

Eso significaba que Sofía iba sentada a su lado, agarrándose al tirador de la puerta como si le fuera la vida en ello mientras se abría paso entre el tráfico en dirección a Barneys. Su aroma llenaba el interior del coche, cálido y ligero. Olía tan bien, como a galletas recién sacadas del horno. Tenía que ser eso por lo que le gustaría apretar los labios contra la base de su cuello y darle un mordisquito.

–Podríamos ir a Macy's. Incluso a Nordstrom –dijo ella por sexta vez.

–Venga, Sofía. No voy a llevarte al cadalso. Solo es un centro comercial –replicó él, volviéndose para mirarla cuando frenó en un semáforo.

No parecía contenta y él no debería empujarla demasiado. Aunque un vestido de cóctel no era razón para sufrir un ataque de ansiedad.

Ella resopló.

–Eric…mira, esas tiendas son carísimas.

–No te preocupes por eso.

–Ya no somos niños. Y no te atrevas a ser como tu madre, que me compraba vestidos de volantes que solo podía ponerme una vez.

–Lo primero de todo, ¿cómo te atreves? –exclamó él, con falsa indignación–. Yo no me parezco nada a mi madre y nunca te compraría un vestido de volantes.

Mientras lo decía, pensó que el cuerpo de Sofía pedía a gritos algo ajustado, pegado al cuerpo, con un profundo escote en uve para poder apreciar sus… activos.

–No puedes comprarme ropa. ¿Le comprarías ropa a Meryl, por ejemplo?

Él frunció el ceño.

–No, pero la situación es distinta. Además, si crees que voy a dejar que vayas a esa fiesta sin ir adecuadamente vestida, es que no me conoces.

Pero tenía razón. No le compraría ropa a ningún

otro empleado y no llevaría a ninguno de compras. Solo a ella.

Eric se aclaró la garganta mientras detenía el coche frente a Barneys. El aparcacoches abrió la puerta.

–Me alegro de volver a verlo, señor Jenner.

–Hola, Norman –dijo él, ofreciéndole las llaves–. Cuidado con él, es nuevo.

Eric oyó a Sofía resoplar mientras daba la vuelta al coche para abrirle la puerta.

–No será tan horrible –le prometió, ofreciéndole su mano–. Hasta podríamos pasarlo bien.

Sofía lo fulminó con la mirada y eso le hizo reír. Las pocas mujeres a las que había llevado de compras siempre se mostraban exageradamente efusivas. Después de que Prudence lo dejase plantado ante el altar se había corrido muchas juergas, pero ya no era un adolescente y el sexo sin sentido era… eso, sin sentido. No quería una relación fortuita con Sofía porque para él era mucho más que una empleada.

Entonces ella tomó su mano y el mundo dejó de girar. No oía el rudo de la calle, no sentía el calor del sol. No veía nada más que a ella. Lo único que había era Sofía y su cálida mano. Sintió algo, no sabía qué, lo mismo que había sentido cuando tocó su espalda por encima de la chaqueta durante la entrevista. Algo que no podía ser ignorado.

–Venga –dijo con voz ronca. No se atrevía a decir nada más.

***

Sofía no sabía qué pensar. ¿Qué estaba pasando? Eric la había evitado durante días y, de repente, aparecía en su despacho para preguntarle por sus hijos. Y luego había insistido en llevarla de compras.

Como máximo, podría haber esperado que la enviase a Macy's con Heather, pero Eric había insistido en acompañarla personalmente a Barneys, uno de los centros comerciales más caros de la ciudad. Debería rechazarlo, pero… No tenía nada que ponerse y no quería aparecer en un evento formal representando a la compañía con un atuendo inadecuado. No, esa no era toda la verdad. No era solo que no quisiera sentirse fuera de lugar. No quería sentirse fuera de lugar cuando Eric la mirase.

Sabía que no formaba parte de su mundo. Él estaba muy por encima en términos de dinero y estatus…

Que estuviera pensando eso indicaba claramente que había perdido la cabeza. ¿Pero tan malo era querer fingir, aunque solo fuese durante un fin de semana, que tenía un sitio en su glamurosa vida? ¿Que valía lo suficiente para él?

Hacía tanto tiempo que no se sentía atractiva. El embarazo había destrozado su autoestima y luego, tras la muerte de David, había dejado de cuidarse. ¿A quién le importaba el maquillaje cuando apenas podía levantarse de la cama? Solo en los últimos seis meses, cuando los niños empezaron a dormir ocho horas, había logrado romper esa neblina de depresión y ponerse en la lista de personas de las que debía cuidar.

Y cuando Eric la miraba con esa expresión tan intensa le hacía desear hacer estupideces, como dejar que le pusiera los mejores vestidos, como esperar que le quitase esos vestidos y la tomase entre sus brazos…

Sofía se aclaró la garganta. Dejar que le comprase ropa era totalmente inapropiado. Pero no tenía ropa adecuada para acudir a un evento. Había recibido su primer cheque, por una cantidad exorbitante, pero no había tenido tiempo para ir de compras. No podía separarse de sus hijos por algo tan superficial como unos pantalones, pero debía acudir a un cóctel y quería estar guapa para Eric. Y para ella misma.

–Señor Jenner –lo saludó una mujer muy maquillada que debía estar entre los cuarenta y los sesenta–. Qué alegría volver a verlo por aquí.

–Hola, Clarice –la saludó él–. Te presento a la señora Bingham.

Clarice se volvió hacia Sofía.

–Encantada, señora Bingham –dijo, mirándola de arriba abajo–. Venga conmigo. He separado varios conjuntos, pero me gustaría conocer su opinión.

–Pero yo había pensado… –Sofía miró a Eric, desconcertada. Había pensado que Eric tomaría parte en la elección de la ropa.

Sonriendo, Eric la tomó del brazo para apartarla de Clarice, que se alejó discretamente.

–Sorpréndeme –le dijo, mientras deslizaba una mano por su brazo, haciendo que sintiera un escalofrío.

Y Sofía quería sorprenderlo, pero el deseo no tenía nada que ver con aquello.

–Eric, no podemos hacer esto –murmuró. Era cierto, pero no parecía capaz de apartarse.

–No te atrevas a acusarme de ser como mi madre

–bromeó Eric, mientras acariciaba su mano con el pulgar.

–Tu madre nunca… –Sofía consiguió cerrar la boca antes de decir algo inapropiado como «me miraría como si quisiera desnudarme»–. Tu madre no me hubiese traído aquí.

–Eso demuestra lo poco que la conoces –dijo Eric, mirándola con expresión seria–. Quiero hacer esto por ti, Sofía. Quiero que te sientas preciosa en ese cóctel porque lo eres. Deja que cuide de ti –añadió, en voz baja.

No era justo que la enamorase de ese modo en medio de un elegante centro comercial, pero eso fue lo que pasó. Eric Jenner era un hombre soltero, obscenamente rico, pecadoramente guapo y, por alguna razón inexplicable, parecía interesado en ella. Entendía sus ataques de ansiedad, le había dado una oportunidad, la hacía sonreír, derrochaba simpatía, hacía que todo pareciese más fácil. ¿Cómo no iba a enamorarse de él?

–Muy bien –susurró, con una voz ronca que no parecía suya.

Él clavó la mirada en su boca y, sin darse cuenta, Sofía se pasó la lengua por los labios. Eric suspiró, y luego se apartó abruptamente, soltando su mano como si le quemase.

–Voy a… –empezó a decir, aclarándose la garganta–. Estaré en la sección de caballeros.

Se dio la vuelta y Sofía se quedó mirándolo, y tuvo que luchar contra el deseo de correr tras él.

Clarice apareció a su lado entonces.

–¿Está lista? –le preguntó.

Sofía tuvo que hacer un esfuerzo para apartar la mirada de Eric, que había desaparecido por las escaleras mecánicas. Estaba poniendo su fe en ella y no iba a decepcionarlo.

–Creo que sí.

–Venga conmigo.

En el elegante probador no había solo unos vestidos de cóctel, había bastidores llenos de ropa: trajes de chaqueta, faldas, vestidos, zapatos, ropa interior.

–¿Qué es todo esto? –preguntó.

–El señor Jenner me pidió una selección de vestidos de fiesta, de trabajo y de viaje –respondió Clarice–. ¿No le parece bien?

–Pues… –Sofía no sabía qué decir. Se suponía que iba a comprar un vestido, no un vestuario completo–. ¿De cuántos conjuntos estamos hablando?

–Dos trajes de chaqueta, dos vestidos de noche y ropa cómoda para viajar. El señor Jenner dejó claro que debíamos vestirla de los pies a la cabeza, accesorios incluidos.

Sofía se mordió los labios. Aquello era demasiado y estaba a punto de rechazarlo, pero entonces recordó lo que Eric había dicho mientras apretaba su mano: «Quiero hacer esto por ti, Sofía. Quiero que te sientas preciosa en ese cóctel porque lo eres».

Quería sentirse guapa otra vez. Quería hacer que el cerebro de Eric dejase de funcionar.

–¿Podría ponerme guapa? ¿Guapísima?

Los ojos de Clarice se iluminaron.

–Será un placer.

Capítulo Seis

Sofía era un amasijo de nervios. No había sido capaz de tomar el desayuno y no había dormido más de veinte o treinta minutos esa noche. Y, por una vez, no tenía nada que ver con los niños.

Su maleta, con cinco conjuntos diferentes y tres pares de zapatos para un viaje de dos días, estaba frente a la puerta. Un coche iría a buscarla en quince minutos para llevarla al aeropuerto, donde se reuniría con Eric y los Norton. Irían a San Luis en el jet de Eric.

Iba a hacerlo. Iba a pasar un fin de semana con él. A la porra el viaje de trabajo. Llevaba ropa interior sexy en la maleta, demasiado bonita para esconderla bajo la ropa.

Pero no, no era eso lo que la ponía nerviosa. Eric no iba a verle las bragas. Era solo... estaba nerviosa por el viaje en avión. Solo había viajado dos veces en toda su vida, ida y vuelta a Cancún en su luna de miel con David. No le había gustado nada y era un avión enorme. El jet de Eric parecía un avión de juguete.

De hecho, lo único que evitaba un nuevo ataque de ansiedad era que estaba siendo asaltada por dos niños adorables.

—¿Vais a echarme de menos? —les preguntó, sentándose en el suelo, con Addy y Eddy en su regazo. Eddy hizo un puchero—. Volveré en dos días. Y lo pasareis muy bien con los abuelitos. Os contarán cuentos, os llevarán al parque…

—¡Paque! —exclamó Eddy.

Sofía rio.

—Más tarde —le dijo—. Cuando llegue Rita, podréis ir al parque.

Rita era la nueva niñera, una joven de ascendencia mexicana, estudiaba por las noches y ayudaba con los niños por las mañanas.

Addy se abrazó a ella, metiéndose un dedito en la boca, y Sofía acarició el pelo de su hija. Los echaría de menos, pero no iba a llorar. Llorar no estaba permitido.

¿Tan malo era sentir ilusión por aquel viaje? Tendría una habitación de hotel para ella sola en el Chase Park Plaza, con servicio de habitaciones y nadie que la despertase en medio de la noche. No tendría que cocinar o limpiar. Tenía ropa nueva con la que se sentía guapa y la compañía de un hombre que la hacía soñar… soñar cosas que no debería.

No tenía derecho a soñar con él, pero no podía dejar de preguntarse si Eric llevaría un esmoquin a la cena. O si ella lo ayudaría a quitarse la corbata después de la cena, tirando de ella hacia la cama…

Cuando sonó el timbre, los niños corrieron hacia la puerta.

—¡Es el conductor, mamá! —gritó Sofía, con el estómago encogido. Tomó la *pashmina* negra que Clarice había insistido daba el toque final al conjunto, y el bolso.

Era ridículo que Eric hubiese envido al chófer a

buscarla porque podrían haber quedado en la oficina, pero él había insistido. Los Norton vivían cerca del aeropuerto, al norte de la ciudad, de modo que se verían allí. Y eso significaba que iría sola con Eric en el coche. En el asiento trasero, escondidos del resto del mundo.

El coqueteo parecía inevitable porque Eric coqueteaba con todo el mundo, pero no habría nada más. Nada de desnudarse, nada de enseñar la ropa interior.

El timbre sonó de nuevo y su madre salió de la cocina para tomar a Eddy en brazos mientras ella abría la puerta.

–Mi maleta…

El hombre que estaba al otro lado no era el conductor sino el propio Eric Jenner, indecentemente guapo con una camisa de colores fuertes y una chaqueta de lino. Su pelo algo más alborotado de lo normal. Estaba tan guapo que su resolución se tambaleó como un castillo de naipes. Y aún no habían subido al coche.

Iba a pasar un fin de semana con él. Y quería cuidar de ella.

«Dios mío».

–Hola, Sofía –la saludó. Luego miró a Addy, que tenía la cabecita apoyada en su hombro–. Pero bueno, estos niños son aún más guapos en persona. No pensé que eso fuera posible.

–¡Eric! –exclamó su madre–. No te esperábamos. Madre mía, cuánto has crecido.

Eric se tomó eso como una invitación y entró en la casa, cerrando la puerta tras él.

–Señora Cortés, usted no ha cambiado nada. Está tan guapa como siempre –le dijo, estrechando su mano.

–No sé cómo darte las gracias por…

–No, por favor –la interrumpió él–. Sofía está haciendo un trabajo estupendo, y yo sabía que sería así –dijo, antes de alargar los brazos hacia el niño–. ¿Puedo? –le preguntó. Y, sin esperar respuesta, tomó a Eddy en brazos y lo miró a los ojos–. Tú debes de ser Eduardo. Y pareces un jovencito muy serio.

Eddy lanzó un grito de alegría cuando Eric lo levantó sobre su cabeza.

Eso despertó la atención de Addy, que no tuvo que esperar mucho para que Eric la tomase con el otro brazo.

–Hola, señorita Adelina. ¿Eres una buena chica?

–Es muy buena –le aseguró Sofía.

–Estupendo –dijo Eric. Eddy parecía encantado, pero Addy se mantenía un poco alejada de él, insegura sobre aquel extraño.

Su madre emitió un suspiro de felicidad, alivio y… ¿de anhelo? Sofía lo entendía. Ver a Eric con sus hijos en brazos, haciendo que Addy sonriese… era perfecto.

–Ah, por cierto, tengo algo para ti –dijo su madre, corriendo a la cocina.

Y dejándolos solos.

–Hola, Sofía –dijo Eric–. Me alegro de verte.

No era justo que fuese tan perfecto. Si al menos no le gustasen los niños, si hubiese mostrado indiferencia o desagrado con los mellizos, sería mucho más fácil contener la atracción que sentía por él. Pero no, tenía que ser perfecto en todos los sentidos. Iba a hacer que se enamorase de él y luego iba a romperle el corazón.

–Oye, ¿puedes hacernos una fotografía? A mi madre le gustará.

–Sí, claro.

–¿Podemos sonreír, chicos?

Cuando Sofía sacó el móvil, todos estaban riendo. No, definitivamente aquello no era justo.

–¡Sonreíd! –gritó, mientras hacía un par de fotografías.

Eddy empezó a protestar entonces y Sofía tuvo que esconder una sonrisa cuando Eric la miró sin saber qué hacer.

–¿Qué pasa, grandullón?

–Quiere enseñarte sus dibujos. Y eso significa que, en diez segundos, Addy querrá enseñarte los suyos.

–¿Una pequeña rivalidad fraternal? –preguntó él, dejando a los niños en el suelo.

–No tienes idea.

–¿Sofía? –la llamó su madre–. ¿Puedes echarme una mano antes de irte?

Sofía frunció el ceño. Normalmente, su madre rechazaba ayuda para todo, pero la miraba con expresión seria. Debía tratarse de algo importante.

–¿Puedes esperar un momento?

–Sí, claro –respondió Eric, con una sonrisa que la ruborizó.

Su madre estaba colocando bolsas de nachos sobre la encimera.

–¿Qué haces, mamá?

–A Eric le encantaban los Jarritos. Creo que tengo otro de fresa por algún sitio… –dijo Rosa, rebuscando en los armarios–. Ah, aquí está –exclamó, sacando una botella de una bebida rosa.

–¿Me has llamado para darme un refresco?

–No, cariño –respondió su madre, colocando el refresco junto con varias bolsas de nachos de maíz y otros aperitivos mexicanos que Eric y ella solían comer de niños–. Quiero que me prometas una cosa –dijo luego, mirándola con aprensión.

–¿Qué?

–Quiero que lo pases bien este fin de semana –dijo Rosa en voz baja, como si estuviera confesándole un pecado.

–Mamá, es un viaje de trabajo.

Su madre rio, dándole una palmadita en la mejilla, y Sofía sintió como si tuviese ocho años.

–Ya, pero es la primera vez desde que David murió…

De repente, Sofía se asustó de lo que su madre estaba dando a entender. Porque parecía estar diciendo que sería buena idea acostarse con su jefe, y eso no podía ser verdad.

–No hay nada entre nosotros, mamá. Solo somos viejos amigos que trabajan juntos.

–Ha pasado un año y medio. Tienes que rehacer tu vida.

Sofía la miró, incrédula.

–Estoy rehaciendo mi vida. Tengo un nuevo trabajo y no necesito nada más.

–¿Nada más? –repitió su madre, sacando una bolsa grande para guardar los aperitivos–. Eric está tan guapo… y qué considerado por su parte venir a buscarte –Rosa suspiró y Sofía casi podría jurar que había visto estrellitas en sus ojos–. A los niños les cae bien.

Era cierto. Incluso Addy, más retraída, parecía encantada con él.

–Mamá…

Si se dejaba llevar por la ilusión de que un hombre multimillonario, guapo y encantador pudiese darle la familia perfecta, aquello no tendría un final feliz. Eric no estaba a su alcance y no podía fracasar de nuevo. No sobreviviría una segunda vez.

–Has sufrido tanto, hija. Mereces pasarlo bien, ¿no te parece? Es hora de que sonrías de nuevo.

–Sonrío todo el tiempo –protestó ella. Era difícil no sonreír con Addy y Eddy, incluso cuando se ponían revoltosos. Pero sabía que estaba siendo deliberadamente obtusa porque no era eso a lo que su madre se refería.

–Sonríes por tus hijos y nos sonríes a tu padre y a mí como si no supieras que podemos ver lo que hay detrás de esa sonrisa. Pero, cariño, ¿cuándo fue la última vez que sonreíste por ti misma?

Después de decir eso, su madre salió de la cocina con la bolsa llena de aperitivos y refrescos para Eric. Sofía se quedó inmóvil, intentando respirar. Su madre estaba equivocada. Claro que sonreía. Estaba rehaciendo su vida y… Sofía enterró la cara entre las manos. No dormía lo suficiente y cada día era una nueva batalla contra la depresión y la ansiedad. Intentaba fingir que estaba contenta, pero al parecer no fingía lo bastante bien como para engañar a su madre.

¿Estaba animándola a seducir a Eric? ¿A tener una aventura con su jefe? No, imposible. Aunque apreciaba a David y había aprobado su matrimonio, Rosa Cortés se había quedado horrorizada cuando se fueron a vivir juntos antes de casarse. Su madre era una mujer muy tradicional, y jamás la animaría a tener una aventura.

Pero en cuanto pensó en seducir a Eric, su mente empezó a crear imágenes… una enorme cama en la habitación del hotel, Eric mirándola con un brillo de deseo en los ojos mientras ella desabrochaba los botones de su camisa y se bajaba la cremallera del vestido. ¿Se lanzaría sobre ella, mirándola con crudo deseo, o sería una seducción lenta que la dejaría temblando y suplicando alivio?

Echaba de menos el sexo.

–¡Nachos! ¡Hace años que no los pruebo! –oyó que decía Eric–. No puedo creer que se haya acordado de cuánto me gustaban. Y Jarritos de fresa… mis favoritos. Sofía siempre los compartía conmigo.

Desde la puerta de la cocina, Sofía vio que su madre se ruborizada.

–Siempre comprábamos para ti. Pero no demasiados, no queríamos que tu madre se enfadase.

–Mientras no manchase los muebles de su despacho…

Rieron, como si no hubiera pasado el tiempo.

«Mereces pasarlo bien». Tal vez estaba dándole demasiada importancia a todo aquello, pensó Sofía. Podía pasarlo bien ese fin de semana. ¿Por qué no? Disfrutaría de esos días con Eric, aunque solo fuese compartiendo unos nachos de maíz.

O aunque fuese algo más.

Sería tan agradable volver a sonreír, sentirse feliz de nuevo. De repente, casi podía ver la felicidad. Ya no era una estrella que colgaba en el cielo, tan lejana que nunca sería capaz de alcanzarla, como durante esos terribles meses tras la muerte de David.

Nunca olvidaría a su marido, pero tal vez no era malo que Eric le recordase que una vez había sido feliz y podría volver a serlo.

–Me alegro mucho de volver a verla, señora Cortés. A mis padres les encanta saber de ustedes.

–Saluda a tu madre de mi parte. Pero venga, marchaos o perderéis el avión.

Eric rio.

–No se preocupe por eso, el avión no se irá sin nosotros.

Eddy corrió hacia él, con una hoja de papel en la mano, y Eric se inclinó hacia el niño.

–Es muy bonito. ¿Lo has hecho para mí?

Eddy sonrió, asintiendo con la cabeza. Para no quedarse atrás, Addy también le ofreció una hoja de papel.

–Vaya, es precioso –dijo Eric–. ¿Puedes escribir tu nombre? Así sabré quién lo ha hecho –sugirió. Addy volvió a la mesa y trazó una raya rosa al pie de la hoja–. ¡Esa es mi chica!

Sofía se derritió. Sería tan fácil enamorarse de él, pensó. Podía obviar lo guapo que era, o que fuese multimillonario. Incluso podía dejar de lado que fuese tan considerado con ella. ¿Pero aquello?

En aquel momento no le parecía una fantasía inalcanzable. Mientras bromeaba con su madre y jugaba con sus hijos, a punto de llevarla en su avión privado a pasar un fin de semana en San Luis, casi podía creer que formaba parte de su mundo.

Solo esperaba poder fingir que así era. Solo un poco de diversión durante dos días.

Eddy también firmó su dibujo con un rotulador rojo.

–Los guardaré como un tesoro –prometió Eric, doblando las hojas antes de guardarlas en el bolsillo de la chaqueta–. Volveré a visitaros algún día y tal vez vuestra madre os llevará a mi barco.

–Ahora sí que la has liado –dijo Sofía, inclinándose para besar la cabecita de los niños–. Sed buenos. Nos veremos dentro de un par de días. Os quiero mucho.

Eric puso una mano en su espalda.

–Las despedidas largas son más difíciles –le dijo al oído.

Un coche negro esperaba frente a la casa. No era exactamente una limusina sino un coche de lujo. Ella miró hacia atrás para ver a su madre con los niños en brazos tras la ventana, los tres diciéndole adiós con la mano.

Tuvo que parpadear para contener las lágrimas mientras Eric le abría la puerta del coche y se sentaba a su lado, con la bolsa de aperitivos entre ellos.

–¿Dispuesta a pasarlo bien?

Pasarlo bien. Nada más y nada menos.

–Vamos a soltarnos el pelo –dijo Sofía, sacando una bolsa de nachos.

Capítulo Siete

Normalmente, Eric disfrutaba visitando el emplazamiento de un nuevo proyecto. Por supuesto, disfrutaba ganando dinero, pero lo que de verdad le gustaba era comprar propiedades y sopesar sus posibilidades. Le encantaba elegir la mejor opción de entre esas posibilidades y convertirla en realidad. Cada proyecto era más exitoso que el anterior.

Miró a la mujer que iba sentada a su lado en el coche. Estaba guapísima aquel día, pero su atracción por ella iba más allá de la simple emoción de ver su trasero bajo esos pantalones blancos.

Era absurdo cuánto se alegraba de verla. Llevaba más de una década sin saber nada de Sofía y, de repente, despertaba pensando en modos de hacerla reír o hacer que sus ojos brillasen de deseo. Soñaba con hacer que se pasara la lengua por los labios en un gesto de anticipación…

–¿Quieres que le envíe esa foto a tu madre? –le preguntó ella.

–No, envíamela a mí –respondió Eric. Porque quería conservar ese recuerdo de tener a los niños en brazos, la risa de Eddy, la dulce sonrisa de Addy.

No había mentido, los niños eran aún más guapos en persona. Eddy era extrovertido y Addy reservada, pero eran dos caras de la misma moneda. Eric se tocó el bolsillo de la chaqueta, donde había guardado los dibujos. Cuando pensaba en esos niños veía muchas posibilidades. Tal vez era absurdo, pero le gustaría tener algo que ver en sus vidas.

–Ya la tienes –dijo Sofía mientras le enviaba la foto–. Te gustaba mucho el refresco de fresa, ¿verdad? –le preguntó, sacando una botella de la bolsa–. No sé si es buena idea comer nachos antes de subir al avión, pero…

–Al menos no nos moriremos de hambre –bromeó Eric–. Hace años que no pruebo una de estas –añadió, tomando un largo trago. De inmediato empezó a toser, poniendo cara de sorpresa–. ¿Siempre ha sido así de dulce?

Sofía rio.

–¿De verdad no habías vuelto a probarlo desde que éramos niños?

Él negó con la cabeza. Solo sabía a azúcar, pero también a su infancia y a los días de diversión con Sofía.

–Tengo un chef personal y, además, suelo cenar fuera de casa. Toma –le dijo, ofreciéndole la botella. Siempre compartían los refrescos cuando eran niños, escondiéndose de su madre y de su obsesión por la comida nutritiva–. Este fin de semana vamos a pasarlo bien, está decidido. No sé si te lo he dicho, pero estás guapísima.

Sofía aceptó la botella, intentando sonreír.

–Gracias, pero no puedo atribuirme el mérito por este conjunto. Todo fue idea de Clarice.

–Puede que ella lo eligiese, pero es a ti a quien le queda de maravilla.

Sofía torció el gesto y, por un segundo, pensó que

iba a regañarlo. En lugar de eso, levantó la botella y se la llevó a los labios.

Eric no podía dejar de mirar el movimiento de su garganta. Cuando le devolvió la botella, se pasó la lengua por los labios para capturar unas gotas de fresa y ese simple gesto lo excitó como nunca. Y la situación empeoró cuando ella levantó la mirada.

Tantas posibilidades. ¿Cómo sería con el cabello despeinado, los labios hinchados por sus besos? ¿Sabría dulce o a algo más complejo, como un buen vino?

Eric intentó apartar esos pensamientos. Se trataba de Sofía. Tenía que dejar de pensar en besarla a todas horas. En besarla por toda partes. O en cómo estaría con el vestido de cóctel. O sin el vestido de cóctel.

Desgraciadamente, para no pensar en ella volvió a pensar en los niños. Sacó el móvil del bolsillo y miró la fotografía que Sofía le había enviado. Eddy estaba dando palmaditas, Addy sonriendo…

Y él parecía feliz. Más feliz que nunca.

Aquello no podía ser. No, eso no era cierto. ¿Era tan grave querer desnudarla y pasar una larga noche en la habitación del hotel, demostrándole que besaba mucho mejor que cuando era un crío? Lo deseaba tanto, deseaba hacerle tantas cosas. Repetidamente, durante todo el fin de semana.

Le gustaría visitarla a menudo, ver a los niños o que Sofía los llevase al barco. Y también podría invitarlos a casa de sus padres porque a su madre le encantaría conocerlos. No tenía que agarrarse a aquella foto como si fuera lo único que iba a conseguir.

¿Pero cómo iba a pasar tiempo con los niños y no

querer más? Casi podía verlo: Addy y Eddy gritando de alegría mientras navegaban por el lago, o lo divertido que sería jugar en la piscina.

¿Cómo iba a pasar tiempo con Sofía sin quitarle la ropa y cubrir su cuerpo con el suyo? ¿Cómo iba a evitar tomar su cara entre las manos para besarla?

Se movió en el asiento, incómodo. ¿Qué le pasaba? No estaría pensando en seducir a Sofía, ¿no? Para ella, y para sus hijos, solo podía ser un viejo amigo. No podía tener una familia solo con chascar los dedos.

Una cosa era ofrecerle un buen salario para que pudiese mantener a sus hijos, otra muy distinta pensar que Sofía sería capaz de superar la muerte de su marido. Ni todo el dinero ni todo el poder del mundo podrían remplazar a David Bingham.

Un final feliz para Sofía era algo que no podía comprar, pero si pudiese lo haría porque le importaba ella y sería muy fácil enamorarse de sus hijos.

Tantas posibilidades.

Sofía abrió la bolsa de nachos.

—Gracias por ser tan agradable con los niños.

Él tomó un nacho de la bolsa.

—Lo dices como si hubiera tenido que hacer un esfuerzo, pero no es verdad, al contrario. Solo siento no haber podido estar más tiempo con ellos. Me encantaría llevarlos a navegar. Les compraré un salvavidas de su talla. O tal vez esos trajes de neopreno con flotador incorporado. Marcus le ha comprado uno a su hijo.

Marcus se había casado con su ayudante, Liberty Reese. Seguían trabajando juntos en Warren Capital, habían adoptado un niño y habían creado una familia.

¿Serían felices de verdad?

Eric sacudió la cabeza. No entendía por qué se hacía esa pregunta.

—En el centro del lago hace más fresco, pero el agua está más limpia –prosiguió–. La popa de mi barco casi roza el agua, así que no tendrían que dar un gran salto. Creo que les encantaría –añadió, metiéndose un nacho en la boca. Volvió a toser, sintiendo que le ardía la lengua–. ¿Siempre han sido tan picantes? –exclamó, tomando un trago de refresco.

Sofía soltó una carcajada.

—No, este es un sabor nuevo. ¿Demasiado picante?

—No estaba preparado, puede que nunca lo esté –respondió él–. Será mejor que no llevemos esto en el barco. Nunca me lo perdonaría si los niños comiesen estos nachos por accidente.

Sofía lo estudió con los ojos entornados.

—¿Dices en serio lo del barco?

—Yo siempre hablo en serio.

Ella intentó disimular una sonrisa.

—Bueno, se me ocurre un tiempo en el que nunca hablabas en serio.

Le gustaba esa sonrisa, pensó Eric. No quería verla preocupada, apretando los labios.

—¿Estás preparada para este fin de semana?

—Creo que sí. Pero este es un mundo tan diferente para mí. Aviones privados, ropa cara, coches con chófer….

—No olvides el barco.

Ella puso los ojos en blanco.

—¿Cómo podría olvidar el barco? Sé que vamos a

trabajar, pero estoy dispuesta a pasarlo bien. No lo he pasado bien desde… –Sofía tragó saliva–. Bueno, desde hace mucho tiempo.

Aunque seguramente no era muy sensato, Eric tomó su mano y enredó los dedos con los suyos. Por un momento, ella se quedó rígida, pero luego se dejó llevar. Saltaban chispas entre ellos.

–Sofía… –empezó a decir–. Lo siento.

Ella tardó unos segundos en relajarse y apoyar la cabeza sobre su hombro. Eric cerró los ojos, disfrutando de su proximidad.

–Estoy mejor. El trabajo me ayuda.

–Me alegro.

Eso era lo más importante, ¿no? Ayudarla a rehacer su vida.

–Tú me ayudas, Eric.

De cerca, sus ojos eran de un rico tono marrón, brillantes y dulces, como el mejor de los coñacs. Podría emborracharse de ellos, pensó.

No sabía si fue ella quien se acercó o al revés, pero de repente estaba acariciando su mejilla.

–Solo quiero que estés bien –murmuró, mirando sus ojos con fascinación–. Para eso están los amigos.

–Sí –asintió ella–. Amigos.

Sofía lo besó y él le devolvió el beso. Era embriagador. Sabía dulce, picante y ardiente. Le subió la temperatura, y no tenía nada que ver con los sabores artificiales de los aperitivos mexicanos. Aquel no era como su primer beso, nada parecido. Porque no era un tentativo roce de los labios con los ojos cerrados, los dos conteniendo el aliento.

Aquello era... todo. Eric trazó la comisura de sus labios con la punta de la lengua y Sofía suspiró en su boca, abriendo los labios, permitiéndole deslizar la lengua en su boca para explorarla.

Lo besaba con salvaje abandono, como una mujer necesitada de oxígeno que acabase de sacar la cabeza del agua. Su sabor era complejo y dulce, como ella.

Eric la envolvió en sus brazos, inclinando la cabeza para besarla a placer. Notaba los latidos de su corazón y el roce de sus pechos apretados contar su costado. Tentativamente, acarició uno, generoso y cálido, con una mano, y Sofía dejó escapar un gemido. Cuando el pezón se levantó, Eric tuvo que apretar los dientes. Respondía de una forma tan apasionada. Estaba seguro de que sería asombroso cuando se dejase ir del todo.

Quería que se dejase ir en ese mismo instante. Sin dejar de acariciar su pecho, enterró la mano libre en su pelo e inclinó la cabeza para besar su cuello, el sitio donde le latía el pulso. Latía con fuerza.

–Eric...

Sofía estaba donde debía estar, entre sus brazos. Él estaba excitado y solo deseaba enterrarse en ella y hacerla gritar de placer.

El coche pasó sobre un bache, haciendo que los dos perdiesen el equilibrio. Eric la agarró por los hombros y, al ver sus ojos empañados por el deseo, supo que él no podía estar mucho mejor. Solo podía mirarla, pensando cuánto deseaba volver a besarla.

Pero no se arriesgó porque Sofía se irguió en el asiento. Su mirada se había aclarado, el brillo de deseo en sus ojos remplazado por uno de preocupación.

–Oye… esto ha sido…

Se llevó un dedo a los labios y Eric tuvo que contener el deseo de remplazar el dedo con su boca. Pero no tuvo oportunidad porque Sofía se retiró un poco. Había tenido que apartar el brazo de su hombro, pero no pensaba soltarla del todo y volvió a tomar su mano.

–Un error –terminó Sofía la frase.

–A mí no me ha parecido un error –dijo él. ¿Por qué había pensado que sería tan fácil? No iba a serlo–. ¿Ahora es cuando me dices que no podemos hacer esto?

–No podemos –afirmó ella, pero no soltó su mano–. Eric, no podemos.

–¿Por qué no? Me gustas… más que eso –admitió él–. No he podido dejar de pensar en ti desde que entraste en mi oficina. Desde que volviste a entrar en mi vida.

–No puedo enamorarme otra vez –insistió ella, con voz entrecortada–. Tengo que… –Sofía tragó saliva, apartando la mirada–. No quiero arriesgarme a perder mi trabajo.

Eric puso los ojos en blanco.

–Tu trabajo no tiene nada que ver con esto.

–Necesito el trabajo para mantener a mi familia, para seguir adelante. Me pagas demasiado y…

–No, por favor, no insistas.

–Y no puedo arriesgarme por algo tan egoísta como… –Sofía tragó saliva de nuevo–. Por una aventura fortuita. Tú puedes hacer lo que quieras, pero yo no. Yo no tengo millones de dólares en la cuenta del banco por si esto no saliese bien.

Eric lo pensó un momento. El argumento era sensato. Trabajaba en su empresa y él tenía una estricta regla sobre las relaciones con sus empleadas. No mantenía relaciones con ellas, punto. Pero Sofía no era solo la gerente, era una amiga. Su relación había empezado mucho antes de que trabajase para él y, si era sincero consigo mismo, quería que durase mucho más.

—¿Cuándo fue la última vez que tuviste relaciones?

—¿Cómo? —exclamó ella, apartando la mano—. No puedes preguntar eso.

—¿Después de ese beso? Pues claro que voy a preguntar. ¿Cuándo fue la última vez que pensaste en tus propias necesidades?

Sofía cerró los ojos.

—No, por favor…

Él podía ver la verdad en su cara. No había estado con nadie desde que su marido murió y un año y medio era mucho tiempo para vivir sin un poco de cariño. Quería abrazarla y decirle que todo iba a salir bien, pero Sofía era viuda y a él lo habían dejado plantado en la iglesia; no podía prometerle que todo iba a salir bien. Pero no iba a prometerle para siempre, pensó, solo un fin de semana.

—Estoy intentando entender, Sofía. Sé que tienes que cuidar de tu familia, ¿pero quién cuida de ti?

Ella tragó saliva.

—Esta no va a ser una pelea limpia, ¿eh?

—Claro que no —dijo Eric, disimulando una sonrisa—. Deja que cuide de ti este fin de semana. Estoy deseando ver el vestido que has elegido para el cóctel —murmuró, inclinándose para rozar su pelo con la nariz. Olía tan bien que quería devorarla—. Deja que te cuide. No tendrás que preocuparte por nada.

Ella tardó algún tiempo en responder:

–No sé si puedo dejar de preocuparme. No como tú.

Eso le dolió más de lo que debería.

–¿No como yo?

–Yo no puedo tener relaciones fortuitas –dijo Sofía. Pero apoyó la cabeza en su hombro y Eric la abrazó–. Quiero decir… bueno, no sé lo que quiero decir.

Él se quedó pensativo un momento. Sofía tenía que saber que lo habían dejado plantado en la iglesia y, seguramente, habría oído lo que pasó después de su fracasada boda. Había tenido varios romances cortos publicitados por la prensa antes de hartarse del sexo sin sentido. No había amado a Prudence, pero sentía afecto por ella y el sexo sin eso no era lo mismo. Un alivio físico, sí, pero no era suficiente. Él necesitaba algo más.

Sofía entre sus brazos le parecía ese algo más.

Estaba ardiendo por ella. Quería hacerla sonreír, quería que estuviese bien y se sintiera segura.

De modo que besó su cabeza y se apartó.

–No tenemos que hacer nada –le dijo. Su cuerpo protestó, pero no le hizo caso. La deseaba como nunca había deseado a una mujer, pero los amigos no presionaban a sus amigas para que se acostasen con ellos–. Pero si cambias de opinión, házmelo saber. Porque me importas, Sofía, y no tengo intención de hacerte daño.

Ella se quedó en silencio, pero no se apartó.

–Amigos, ¿eh?

–Eso es –asintió Eric. Amigos estaba bien, pero amigos con derecho a roce era aún mejor. Por supuesto, no lo dijo en voz alta–. Siempre amigos.

–Gracias –susurró Sofía.

Y aunque no era sexo, el calor de su cuerpo hizo que cerrase los ojos para saborear el momento. Ella suspiró de nuevo cuando acarició su pelo y ese sonido le hizo sentir bien. Genial incluso. Necesitaba aquello. La necesitaba a ella y con eso era suficiente. Por el momento.

El coche pasó sobre otro bache y la mejilla de Sofía aplastó las hojas de papel que llevaba en el bolsillo de la chaqueta. Era posible que también necesitase a esos niños. Su risa, sus abrazos, su alegría. Necesitaba esa inocencia en su vida. Estaba cansado de ser un cínico, de apartarse de la gente por miedo a que lo decepcionasen.

Eric suspiró, disfrutando del calor de su cuerpo. El roce, casi platónico, era muy agradable. El sitio de Sofía estaba entre sus brazos.

¿Cómo podía convencerla de ello?

Capítulo Ocho

–Casi hemos llegado –le dijo Eric al oído.

Sofía, apoyada en su brazo, asintió con la cabeza.

–Puedo caminar –protestó Meryl delante de ellos.

–Ya sé que puedes caminar –replicó Steve, tomando a su mujer en brazos–. Pero no quiero que vayas chocando con las paredes.

Para Sofía, no era un gran consuelo no ser la única que había sufrido durante el aterrizaje, en medio de una tormenta. Había sido tan espantoso que había estado a punto de sufrir otro ataque de ansiedad. Steve había vomitado y Meryl parecía necesitar un médico. Incluso Eric, que estaba acostumbrado a viajar constantemente en ese diminuto avión, estaba pálido.

Sus piernas parecían de goma y su corazón seguía latiendo acelerado. No tenía fuerzas para protestar cuando Eric la tomó por la cintura. Se apoyó en él, intentando no soltar la botella de *ginger ale*. No sabía si servía de algo, no sabía dónde estaba su maleta y, en realidad, le daba igual.

–Sé que no estaba en el programa –dijo Eric– pero creo que deberíamos descansar un poco. ¿Tenemos dos horas?

–No –respondió Meryl, aunque su voz sonaba como un sollozo.

–Tenemos tiempo –insistió él–. Nadie esperaba que aterrizásemos con esa tormenta. Hemos sufrido un retraso, nada más. Y tenemos todo el día de mañana.

Meryl dejó escapar un gemido lastimero y Steve la apretó contra su torso.

Ese gesto hizo que el corazón de Sofía diese un vuelco, pero no por el mareo sino por envidia. Cuánto echaba de menos tener a alguien que la tomase en brazos, literal y figuradamente, cuando la vida le daba un nuevo golpe.

Justo en ese preciso instante, Eric se inclinó, apretando el brazo en su cintura, para decirle al oído:

–Esta es tu habitación.

Y aunque no era lo mismo, y aunque Eric no era suyo, Sofía se apoyó en él porque se sentía fatal y Eric era la fuerza que necesitaba. Además, pasara lo que pasara ese fin de semana, siempre serían amigos. Aunque se enamorase un poco de él, seguirían siendo amigos.

La habitación de los Norton estaba frente a la suya.

–¿Dónde está tu habitación? –le preguntó.

–Al lado de la tuya –respondió él, mientras abría la puerta, sin soltar su cintura–. Tomaos el tiempo que queráis. Es mejor llegar tarde que enfermo a una reunión –dijo luego, volviéndose hacia Steve.

–A mí se me pasará… –murmuró Meryl. Pero Steve cerró la puerta, dejando a medias la protesta de su mujer.

Eric se volvió hacia Sofía.

–Lamento mucho todo esto –se disculpó ella.

Eric resopló mientras entraba en la habitación, cerraba la puerta y la ayudaba a sentarse en la cama.

–Y yo siento mucho que el vuelo haya sido tan horrible. Ha sido uno de los peores aterrizajes que recuerdo. Francamente, empezaba a temer por vuestras vidas.

Sofía también, por eso había tenido que hacer un esfuerzo para contener un nuevo ataque de ansiedad.

–Tal vez podríamos volver a casa en tren –sugirió.

–Se supone que el domingo mejorará el tiempo. Si sigue lloviendo, ya pensaremos cómo volver –dijo Eric, inclinándose sobre la cama para levantar sus pies.

Sofía apretó los labios. La bonita blusa de seda estaba arrugada y la lluvia había destrozado su peinado. Seguramente tenía aspecto de gato mojado.

Eric le quitó sus nuevos zapatos de Stuart Weitzman y levantó un poco la pernera del pantalón. No había nada malo en que viera sus piernas. Había visto mucho más cuando jugaban en la piscina.

Pero no sabía qué estaba haciendo… ¿estaba desnudándola?

Experimentó una oleada de calor por todo el cuerpo, pero era ridículo. Eric no iba a seducirla allí mismo. Tenía mal aspecto después del viaje y se sentía aún peor. Y, además, debían prepararse para la reunión con el lugarteniente del gobernador y los concejales, y no pensaba dejar que Eric la distrajese con esos gestos de ternura…

Pero estaba acariciando sus pantorrillas y el roce de sus manos la encendía. Cerró los ojos y tuvo que agarrarse al edredón para no abrazarlo.

Él pasó las manos sobre sus tobillos, sobre sus pantorrillas de nuevo. Esas manos tan grandes, tan masculinas, y no pudo evitar recordar el beso en el coche; el beso que había despertado un deseo que había mantenido guardado durante un año y medio.

Con Eric masajeando sus piernas, notando el calor de sus manos, ya no se sentía agotada ni asustada. Se sentía…

Cálida, segura y cuidada. Dios, cuánto había echado de menos esa sensación.

–Sofía –murmuró él.

No sabía si era una pregunta y, honestamente, le daba igual. Eran amigos, ¿no? Los amigos se ayudaban unos a otros, lo pasaban bien, se consolaban cuando algo iba mal. Y el viaje en avión había ido fatal.

Los amigos no dejaban que unos millones de dólares, un avión privado o unos conjuntos de lujosa ropa se interpusieran con su amistad. Y una vez desechado eso, ¿no eran solo un hombre y una mujer? ¿No estaban hechos para encajar el uno con el otro? Cuánto le gustaría ser consolada y cuidada por Eric, recibir sus atenciones y su afecto.

–¿Sofía? –dijo él de nuevo, su voz provocándole un aleteo en el vientre.

Daba igual cuál fuese la pregunta, la respuesta era muy sencilla:

–Sí.

Él deslizó las manos por la curva de sus pantorrillas. Sofía nunca había pensado en esa parte de su cuerpo en particular como una zona erógena… hasta ese momento.

–¿Quieres descansar un rato?

Ella lo miró entonces. Uno de los hombres más poderosos de Chicago, y tal vez del país, estaba de rodillas ante ella, esperando una respuesta. Sofía soltó el edredón y alargó una mano para tocar su cara. Estaba recién afeitado y su rostro era suave.

–Solo si tú te quedas conmigo.

Eric contuvo el aliento.

–Dame unos minutos –respondió. Luego se incorporó y salió de la habitación, dejándola sola.

Sofía enterró la cabeza entre las manos. Aún podía sentir las caricias de Eric en las piernas. Podía sentir sus brazos en la cintura, negándose a dejarla ir tropezando por el hotel. Aún podía sentir su mano apretando la suya durante el turbulento aterrizaje. Se había negado a soltarla.

Podía sentir el ardor de su boca, el roce de su lengua, el calor de su aliento mientras susurraba su nombre. Eric la había besado como si fuese el aire sin el que no podía respirar.

Estaba cuidando de ella. Quería que descansase. Iba a volver a la habitación.

Y ella tenía que arreglarse un poco.

Pensar eso la puso en movimiento. Se tomó el resto del *ginger ale* y miró alrededor. Era una bonita habitación, la cama doble con un grueso edredón, un sofá de terciopelo frente a una mesa de café y una televisión casi tan grande como la que David había comprado. Los artículos de aseo eran de una lujosa marca. Por supuesto. Eric Jenner no aceptaría nada menos.

Hizo una mueca cuando se miró en el espejo. El pelo se le había escapado del moño y el maquillaje era un desastre. Y, sin embargo, Eric la había mirado como si fuese la única mujer en el mundo para él. La camisa estaba arrugada, de modo que se la quitó, quedando solo con la camisola y el pantalón. Se lavó la cara, pero entonces recordó que el botones aún no había subido con la maleta y necesitaba su neceser. Estaba lavándose las manos cuando sonó un golpecito en la puerta de la habitación.

–Un momento.

Oyó voces masculinas al otro lado y cuando salió del baño vio a Eric frente a una puerta en la que no se había fijado hasta ese momento. Ah, claro. Sus habitaciones estaban conectadas. Por supuesto, él tenía una suite y la suya era una habitación contigua.

No debería importarle que pudiese entrar en su habitación o ella en la suya. No era más íntimo que quitarle los zapatos, pero descubrir que tenían habitaciones contiguas era como ver caer la última barrera para pasar el fin de semana entre sus brazos. No tendrían que salir al pasillo, donde Meryl y Steven podrían verlos.

–Esa maleta se queda aquí, traiga la otra a mi habitación –estaba diciendo Eric. Al verla, su expresión se suavizó y le hizo un gesto con la mano para que esperase un momento.

Sofía volvió a entrar en el baño y se apoyó en la puerta. Las habitaciones estaban conectadas. Eric la deseaba… y ya había empezado a desnudarla.

Ella lo deseaba también. Cuánto lo deseaba.

Pero entonces vio su reflejo en el espejo. Había recuperado algo de color en la cara, pero su pelo era un desastre. Se quitó las horquillas y lo peinó con los dedos antes de sacudir la melena. De todos modos, no podría dormir con el moño.

Entonces oyó que se cerraba una puerta.

–¿Necesitas algo de tu maleta? –le preguntó Eric.

–No –mintió Sofía–. Salgo enseguida.

–No hay prisa.

Pero ella sí tenía prisa. Si iba a lanzarse sobre Eric, y ese parecía ser el caso, pondría en peligro su puesto de trabajo y los pondría a los dos en una situación comprometida. Steve y Meryl estaban al otro lado del pasillo y el riesgo de provocar cotilleos en la oficina era enorme.

Pero maldita fuera, lo necesitaba. Necesitaba un fin de semana sin tener que fingir que estaba bien porque no era verdad. Quería estar bien y sabía que Eric podía darle eso. Ya lo había hecho.

Sofía se miró en el espejo por última vez. El pelo había quedado medio aceptable. Debería ponerse corrector de ojeras, pero en general no estaba mal.

«Mereces pasarlo bien, es hora de que sonrías de nuevo».

Eso era lo que su madre le había dicho. Y Eric había dicho prácticamente lo mismo, añadiendo que quería cuidar de ella. Y, a juzgar por su actitud en esas últimas horas, estaba claro que no se refería solo a un satisfactorio revolcón. De verdad estaba cuidando de ella.

Decidida, abrió la puerta y salió del baño.

La habitación estaba vacía.

Capítulo Nueve

Sofía vaciló en la puerta de la suite. La habitación de Eric era mucho más grande que la suya y mucho más lujosa. Aparte del dormitorio y el baño, había un comedor con una mesa preparada para cuatro personas, con platos de fina porcelana y copas de cristal, y hasta una cocina con electrométricos y encimeras de granito. Cuando dio un paso adelante, sus pies se hundieron en una gruesa alfombra. Los sofás del salón eran similares al de su habitación, pero más grandes, con suntuosos almohadones.

Muy bien, pensó. Si tenía que organizar viajes para Eric en el futuro, debía recordar que aquel era el tipo de habitación al que estaba acostumbrado. Lo tendría en cuenta. Estaba intentando ser profesional. Una profesional descalza y en camisola, pero profesional al fin y al cabo.

Todos esos pensamientos se fueron por la ventana cuando Eric apareció al otro lado de la habitación. Llevaba la camisa abierta y se estaba desabrochando los puños. Eso hizo que sintiera un escalofrío por la espalda. Los pezones se le levantaron bajo la camisola y esa reacción no tenía nada que ver con la amistad.

Sofía cruzó los brazos sobre el pecho para disimular.

—Así que esta es la clase de habitación que reservas cuando viajas.

Él enarcó una ceja.

—Así es. De hecho, cuando vengo a San Luis, normalmente me alojo en esta suite. Lo mejor es la vista del parque —dijo, señalando la ventana por encima de su hombro.

—¿Lo mejor después de las vistas al lago Michigan?

—Así es.

Se miraron un momento. Sofía no sabía qué hacer en aquella situación. Después de todo, habían decidido que ese fin de semana no serían solo jefe y empleada, pero tampoco estaban actuando como «viejos amigos».

—No sabía que nuestras habitaciones estuvieran conectadas.

—Espero que no te importe —dijo él, mientras empezaba a quitarse la camisa.

Su cuerpo no era el de quince años atrás. Era más imponente y la camiseta blanca que llevaba bajo la camisa se ajustaba a su torso y sus bíceps. Sus músculos no eran exagerados, pero sí bien definidos. Ya no era el niño delgado que ella recordaba. Sofía miró, fascinada, su piel morena Los pelirrojos morenos eran tan raros, tan especiales.

Él era tan especial.

No tenía derecho a estar en aquella suite con él, ningún derecho a mirarlo así. No tenía derechos sobre él, pero los quería. Solo ese fin de semana.

De modo que tomó aire y dejó caer los brazos a los costados.

—¿Por qué iba a importarme?

Eric clavó la mirada en sus pechos con los ojos oscurecidos. Sus pezones se marcaban bajo la tela de la camisola y casi podría jurar que tenía que contener un rugido. Pero en lugar de lanzarse sobre ella le preguntó:

–¿Te sientes mejor?

–Sí, un poco.

Eric dio un paso adelante y ella hizo lo mismo; se detuvieron uno frente al otro y él levantó una mano para apartar el pelo de su cara.

–Hola –dijo en voz baja, tomando su cara entre las manos.

Habían pasado toda la mañana juntos y ya no lo veía como Eric Jenner, el famoso multimillonario, su jefe. Sin la cara camisa u otros símbolos de riqueza, solo era Eric, su amigo. Sofía vaciló antes de poner las manos en su cintura. Sin la chaqueta y la camisa, su cuerpo irradiaba calor.

–¿Vamos a tumbarnos un rato? –le preguntó.

–Por supuesto –respondió él, pasando un dedo por su mejilla–. ¿Dónde vamos a dormir?

Sofía experimentó una oleada de deseo más fuerte e insistente que la que había experimentado en el coche, cuando Eric la besó. Entonces estaba nerviosa por tener que dejar a sus hijos y por el viaje en avión. Todo eso había quedado atrás, aunque el pavoroso aterrizaje la había dejado exhausta.

–Yo no suelo echarme la siesta, pero el vuelo ha sido tan espantoso… –murmuró, apretándose contra él. Sus pechos se aplastaban contra el torso masculino, los pezones levantándose al rozarlo. Echaba tanto de menos las caricias de un hombre–. ¿Me abrazarás?

Eric no la abrazó y, durante un segundo, pensó que iba a decir que no. Pero antes de que pudiese apartarse, él se inclinó para tomarla en brazos como había hecho Steve con Meryl.

–¡Eric!

–Ya te tengo –dijo él.

Eso era lo que quería escuchar, lo que necesitaba creer durante ese fin de semana, y Sofía se relajó en sus brazos.

–Elige una habitación. ¿La mía o la tuya?

Ella no tuvo que pensarlo.

–La tuya –respondió. De ese modo, si aquello no salía bien, siempre podría volver a su habitación y no tener que oler su aroma en la almohada.

No debería estar haciendo aquello, pero parecía incapaz de evitarlo.

–¿Te importa si me quito el pantalón? –le preguntó Eric–. No quiero que se arrugue.

Era una petición aparentemente inocente, pero de ese modo estaría casi desnudo.

–No, claro que no.

Eric la sentó al borde de la enorme cama y dio un paso atrás. Sofía levantó la mirada… pero la apartó enseguida al ver que llevaba las manos a la cinturilla del pantalón. Riendo, él se detuvo y volvió a acariciarle la mejilla. Y Sofía no pudo evitar un suspiro de felicidad. Había pasado tanto tiempo. Sabía que estaba exagerando, pero casi le parecía su primera vez… y en cierto modo lo era. Su primera vez con Eric.

Quería abrazarlo, apretarse contra su torso y confiar en que él estaría ahí si lo necesitaba… para lo que fue-

89

ra. Pero lo que hizo fue levantarse de la cama para quitarse el pantalón blanco, con las perneras manchadas por la lluvia. Necesitaba estar cerca de Eric, necesitaba el consuelo de su cuerpo. No era solo sexo, o no del todo. Era algo más.

Intentó no mirar el bulto bajo su pantalón, pero no era fácil porque…

«Dios bendito».

Sonriendo para sí misma, se quitó el pantalón blanco, agradeciendo que Clarice hubiera insistido en incluir ropa interior en la compra. En lugar de las sencillas bragas de algodón que solía usar, llevaba un tanga de seda con encaje en la cintura. Era el primer tanga que se había puesto en su vida, de color nude. Clarice se había negado a dejar que eligiese otro color porque, según ella, que las bragas se marcasen bajo el pantalón era muy poco elegante.

Se sentía expuesta y vulnerable, pero no era una sensación incómoda. En lugar de experimentar ansiedad, los tentáculos del deseo recorrían su cuerpo, haciendo que pareciese pesado y necesitado.

De él. Del hombre guapísimo que acababa de meterse en la enorme cama y estaba llamándola con un dedo.

—Ven aquí.

Sofía no había tenido una adolescencia salvaje. Había sido educada de forma estricta y, además, un embarazo accidental le hubiese impedido conseguir sus objetivos. Era virgen cuando empezó a salir con David y nunca había estado con nadie más.

¿Podría echarse atrás si se tumbaba al lado de Eric? ¿Había alguna esperanza de no enamorarse de él? Porque aquel encuentro duraría el fin de semana y nada más. Un fin de semana era suficiente para pasarlo bien y reclamar su sexualidad con la ayuda de Eric. Durante unos días, podía creer que aquel era su sitio, no solo en su vida sino en su cama.

Un fin de semana sería suficiente. Tenía que serlo.

Eric miró la camisola con los ojos oscurecidos y, cuando alargó una mano hacia ella, Sofía supo que no había forma de echarse atrás. Se tumbó a su lado y él los cubrió a los dos con el edredón, pasándole un brazo por los hombros.

Ella enredó una pierna entre las suyas, apoyó la cabeza en su torso y luego, por primera vez en lo que le parecían meses, dejó escapar el aliento.

–Eric…

–Calla –murmuró él, acariciándole el pelo–. Descansa un rato. Yo estaré aquí cuando despiertes.

Pegada a él, notando el calor de su cuerpo, Sofía no creía que pudiese conciliar el sueño, pero cerró los ojos y se quedó dormida, sintiéndose segura y convencida de que todo iba a salir bien.

Eric advirtió el momento en el que se quedaba dormida porque sus músculos se relajaron y se dejó caer sobre él, cálida y suave. Era extraño lo fácil que era abrazarla así. Estaba tenso mientras ella estaba relajada, Sofía era suave mientras él estaba más duro que nunca.

Aquello era una tortura y la sufriría gustoso porque, a pesar de su incómodo estado, tenerla entre sus brazos era sencillamente maravilloso.

¿Estaba preparándose para una de las reuniones

más importantes de su carrera? ¿Estaba pensando en el futuro? No. Solo podía pensar en los pechos de Sofía apretados contra su costado, en la suave piel de su pierna. Llevaba un tanga casi transparente, y eso era lo único que los separaba. Podía sentir el calor de su cuerpo, respirar el aroma de su piel.

¿Cuánto tiempo le había dicho a los Norton? ¿Dos horas? No iba a ser suficiente. Nunca sería suficiente si estaba en la cama con Sofía. Estaban medio desnudos y abrazados, pero eso no significaba que ella quisiera hacer nada. Le había pedido que la abrazase y eso era lo que pensaba hacer. Nada más.

Luego tendrían que levantarse, cambiarse de ropa, volver a ser el señor Jenner y la señora Bingham, jefe y gerente. Y tendría que ser así hasta…

Eric repasó mentalmente el programa de trabajo. Tenían la reunión con el alcalde y el director de urbanismo esa tarde. Por la noche, la cena formal con varios miembros del ayuntamiento y el lugarteniente del gobernador de Misuri. Al día siguiente, más reuniones, visitas al emplazamiento, negociaciones. Necesitaba que Meryl fuese su *bulldog*, Steve debía convencer a todos de que el proyecto era viable y Sofía debía ser sus ojos y sus oídos. Después de todo, aquel era un contrato importantísimo. El proyecto de San Luis estaba maduro y, si jugaba bien sus cartas, sería más rico de lo que nunca hubiera podido soñar.

Pero pensar eso no le hacía feliz. Ya era más rico de lo que nunca hubiera podido imaginar y cumplir con el programa de trabajo significaba tener que salir de aquella habitación. Tendría que alejarse de Sofía y pasar la tarde y los dos días siguientes sin tocarla. Y no sabía cómo iba a hacer eso.

Si Meryl y Steve no estuvieran allí cancelaría todas las reuniones. Pero mucha gente dependía de él. No solo sus empleados sino la gente de San Luis a la que contrataría para la construcción. Iba a invertir mucho dinero en aquel proyecto y no podía estropearlo todo por el deseo egoísta de pasar el fin de semana con Sofía entre sus brazos.

Además, estaba violando su propio código de conducta. Era tan difícil recordar que Sofía era una empleada cuando estaba con ella. Pero lo era y, técnicamente, en ese momento estaban trabajando. Y casi desnudos en la cama.

Su último pensamiento antes de quedarse dormido fue que tal vez no debería haberla contratado.

Eric flotaba en ese espacio entre el sueño y la vigilia. Estaba deseando llevar a Addy y a Eddy en su barco. Tal vez tendrían que llevar a la niñera para que cuidase de ellos. Quería que los niños lo pasaran bien, pero también quería que Sofía disfrutase y eso no sería fácil si tenía que estar vigilando constantemente a los mellizos.

Qué preciosa estaría Sofía en su barco, tirada en una hamaca, en bikini, el sol acariciando su piel como quería hacerlo él. La llevaría al camarote y la tumbaría en la cama…

Ella suspiró cuando rozó su hombro y el sonido pareció atravesarlo. Tenía unas piernas largas y bien torneadas, y Eric las acarició desde las rodillas hasta los muslos y las caderas… y luego hacia abajo de nuevo. Una y otra vez. No se cansaba de ella. Tal vez no se cansaría nunca.

Mientras acariciaba sus piernas, ella se revolvió, quedando casi encima de él. Ahora podía tocar su espalda. Tenía unas curvas tan femeninas que solo se le ocurría una palabra para definirlas: exuberantes. Con un poco de suerte, cuando despertasen tendría la oportunidad de acariciarla de verdad. Quería tocarla por todas partes. No solo tocar sino agarrar, sentir y conocerla mejor. Cada centímetro de ella.

Soñó con Sofía tumbada sobre su cuerpo y él acariciando su trasero con las dos manos, rozando el encaje del tanga con la punta de los dedos y colocándola de modo que su duro miembro la rozase entre las piernas.

Su Sofía de sueño dejó escapar un gemido y ese sonido rasgó la neblina en la que parecía estar envuelto. Parpadeó y luego volvió a hacerlo. El camarote del barco se convirtió en la habitación del hotel, pero Sofía estaba encima de él.

Aquello no era un sueño. Sofía estaba encima de él, mirándolo con los ojos entornados, arqueando la espalda y presionando contra su erección. Atónito, Eric no sabía qué hacer. Era tan agradable tenerla encima. Temía decir algo y romper el hechizo que los despertaría a los dos de aquel sueño, de modo que mantuvo la boca cerrada mientras apretaba su trasero, empujándola más aún contra su erección.

Ella dejó escapar un suspiro de satisfacción que Eric quería tragarse, sentirlo en su interior hasta que le hiciese perder la cabeza. Sofía arqueó la espalda, empujando sus pechos hacia delante, y él tiró de la camisola para quitársela.

«Exuberante» seguía siendo la única palabra que

se le ocurría para definir las curvas bajo el sujetador de encaje. Podía ver las oscuras aureolas de sus pezones. Era demasiado y demasiado poco a la vez. No podía moverse, no podía pensar. Lo único que podía hacer era mirarla, adorarla.

Sofía se cubrió los pechos con un brazo, el estómago con el otro.

—Lo sé, lo sé. Tener a los niños ha cambiado mi cuerpo. Ya no soy la misma…

Eric no sabía qué iba a decir, pero daba igual. A él le parecía perfecta, de modo que la interrumpió con un beso. Ella dejó escapar un suspiro, echándole los brazos al cuello mientras Eric acariciaba su espalda. Empezó a quitarle el sujetador sin dejar de besarla, y Sofía enterró los dedos en su pelo.

Le gustaba que se mostrase un poco agresiva y segura de sí misma. El beso en el coche esa mañana había sido una promesa, pero aquello… aquello era una promesa cumplida.

El cierre del sujetador cedió y Eric lo apartó a un lado. No quería dejar de besarla, pero no pudo resistirse a la tentación de inclinar la cabeza sobre esos generosos pechos. Le encantaba todo en ellos, su volumen, su color, incluso las pequeñas estrías. Eran perfectos porque eran parte de Sofía.

—¿Esto está prohibido? —le preguntó, mientras los besaba.

—No —respondió ella, echando la cabeza hacia atrás—. Solo les di el pecho durante un año…

—Eres la mujer más bella que he visto nunca —murmuró él mientras pasaba la lengua por la punta de un pezón. Al ver que se endurecía dejó escapar un rugido de satisfacción. Estaba borracho de ella.

—Dios mío, Eric —musitó Sofía, empujando la cabeza contra sus pechos.

Movía las caderas adelante y atrás, apretándose contra su erección, y Eric introdujo una mano entre sus piernas, deslizándola por el sedoso tanga hasta que encontró su centro. Ella dio un respingo, como si hubiera recibido una descarga eléctrica, y Eric sonrió antes de clavar los dientes en uno de sus pezones.

—Eric… —repitió ella, apoyando el peso del cuerpo sobre su mano.

Él empezó a hacer círculos sobre los húmedos pliegues, sin dejar de mordisquear sus pechos, y encontraron el ritmo perfecto mientras la acariciaba. Deseaba darle la vuelta y entrar en su calor una y otra vez hasta que los dos estuviesen saciados. Y entonces, cuando hubiese recuperado el aliento, quería volver a hacerlo.

Pero antes quería darle aquello. Sin demandas, solo el regalo del placer, con Sofía confiando en él y Eric ganándose su confianza como estaba haciendo en ese momento.

Estaba dejando que la amase y él estaba aprovechándose. Sabía que había muchas razones para no hacer aquello, pero no se le ocurría ninguna razón en ese momento y, además, era demasiado tarde. Ese barco ya había zarpado.

Sofía movía las caderas adelante y atrás, frotándose contra su erección mientras él acariciaba su cuerpo. La presión era tan intensa y asombrosa que cuando ella tiró de su pelo para besarlo, obligándolo a levantar la cabeza, sintió que todo su cuerpo se ponía tenso.

–Déjate ir, Sofía –murmuró sobre sus labios.

Y ella lo hizo. Apretó su cintura con los muslos y un río de lava escapó de su centro cuando terminó para él. El clímax fue tan poderoso que, de manera asombrosa, provocó su propio orgasmo. No había estado tan excitado, tan dispuesto desde que era un adolescente descubriendo a las chicas por primera vez.

Pero eso era lo que sentía. Había descubierto algo nuevo y asombroso.

Había descubierto a Sofía.

Capítulo Diez

Sofía cayó sobre el torso de Eric, respirando agitadamente. Las manos de Eric seguían entre sus piernas y notó una humedad en el estómago al apoyarse en él. El orgasmo había rebotado en ella como una bala. Estaba ardiendo y desatada al mismo tiempo; y era maravilloso. Sencillamente maravilloso.

Y fue entonces cuando pensó que tal vez ya estaba completamente enamorada de él.

Respiraba de forma entrecortada y no podía dejar de temblar, pero de la mejor manera posible. Con él, todo era diferente. Le había encantado el sexo con su marido, pero con Eric era distinto. No había imaginado lo excitante que sería sentarse a horcajadas sobre Eric mientras él la llevaba al orgasmo, besándola, clavando suavemente los dientes en sus pechos.

Se estremeció entonces. No había sido igual que con su marido y pensar eso le parecía una traición. Había querido a David con toda su alma y con todo su cuerpo, pero tal vez estaba enamorada de Eric.

Le daba vueltas la cabeza y, cuando los deliciosos espasmos de placer empezaron a esfumarse, se asustó en serio. Dios santo, ¿de verdad habían hecho eso?

Todo había ocurrido como en un sueño. Estaba medio dormida, con el cálido cuerpo de Eric a su lado, excitada. Y lo deseaba tanto. Había pasado tanto tiempo desde que deseó a un hombre. El deseo y la sensualidad no habían sido parte de su vida desde que David murió.

No quería hacer el amor solo por una vaga frustración sexual. Lo deseaba a él y podía tenerlo. Y lo había tenido.

Eric la abrazó con fuerza.

–Dios, Sofía… –empezó a decir, respirando con dificultad. Parecía feliz y tal vez aliviado–. Quiero decir… bueno, ya sabes.

No, no sabía lo que quería decir, aparte de que también él había disfrutado, y eso la hacía sentir bien. Aunque ella no había hecho mucho. Solo se había colocado a horcajadas sobre él, aplastando las caderas contra su impresionante erección, solo había gritado su nombre. Y se había estremecido de arriba abajo, sin poder evitarlo.

Él se movió entonces, apretándola contra su torso, y eso interrumpió sus locos pensamientos. Sofía cerró los ojos y apoyó la barbilla en el hombro masculino, intentando disfrutar del momento.

Había pasado mucho tiempo desde la última vez que mantuvo relaciones íntimas, pero aún podía sentir la pasión, el deseo. Y aún podía ser satisfecha. Eso era lo más importante.

No sabía qué hacer en ese momento. ¿Felicitarlo por sus habilidades amatorias? ¿Decirle que no podía esperar a que llegase la noche para hacerlo otra vez? ¿Decirle lo que sentía por él? David y ella siempre se habían dicho «te quiero» después de hacer el amor.

Pero, aunque estuviese enamorándose de él, no podía decirle eso. Porque había prometido cuidar de ella, pasarlo bien con ella y separar aquel fin de semana de todo lo demás. El amor no tenía nada que ver. De hecho, probablemente lo estropearía todo.

No quería recordarle que fuera de aquella habitación no podrían estar juntos.

–¿Cariño, estás bien?

Ella dejó escapar una risita. No, no estaba bien. Ni siquiera podía pasar un fin de semana como amigos con derecho a roce sin darle mil vueltas a todo.

–Sí, es que…

–¿Había pasado algún tiempo?

Ella asintió, agradeciendo esconderse tras esa media verdad. Al fin y al cabo, estaba un poco oxidada.

–¿Y ahora qué?

–Yo necesito darme una ducha… –dijo Eric. En ese momento su reloj emitió un pitido–. Espera un momento –murmuró, levantando la mano–. ¿Sí?

–¿Eric? He conseguido meter a Meryl en la ducha. Está discutiendo, así que ya se le ha pasado el mareo.

Aunque Steve no podía verlos, Sofía se ruborizó.

–¿Seguro que podéis ir a la reunión? –preguntó Eric, calmado y profesional. No parecía el hombre que acababa de llevarla al orgasmo solo con los dedos.

–Creo que sí. Danos cuarenta y cinco minutos y estaremos listos.

–Muy bien –asintió Eric, rozando perezosamente su espalda con la punta de los dedos.

–¿Quieres que se lo diga a Sofía?

–No, lo haré yo. Nos vemos dentro de un rato –Eric cortó la comunicación y volvió a apoyar la cabeza sobre la almohada–. Parece que tenemos que levantarnos.

–Sí, parece que sí –asintió ella. Su calma era contagiosa. El corazón empezó a latirle a un ritmo normal, pero seguía sin saber cómo iba a enfrentarse con la rutina del trabajo. Antes le había parecido abrumadora, pero ahora le parecía casi imposible.

Eric le levantó la cara con un dedo.

–¿Seguro que estás bien?

Ella intentó esbozar una sonrisa de confianza, pero Eric enarcó una ceja, de modo que había fracasado.

–No sé qué hacer. Quiero decir sobre nosotros, sobre esto –Sofía dejó escapar una risita–. Y también sobre la cena con el lugarteniente del gobernador esta noche. Nada de esto es normal para mí.

Le acarició la mejilla, sonriendo. Si estuviera de pie, haría que se le doblasen las rodillas.

–Vas a volver a tu habitación para ducharte y cambiarte de ropa y yo voy a hacer lo mismo. Luego iremos a esa reunión, donde Meryl negociará hasta que caiga rendida, Steve se hará amigo de todo el mundo y yo haré grandes promesas. Lo único que tú tienes que hacer es sonreír y escuchar. Toma nota de todo lo que se diga en voz baja, de quién parece nervioso o molesto. Quiero saber lo que no se dice en voz alta.

–Muy bien.

Eric volvió a acariciarle la mejilla.

–Si te sientes incómoda, felicita a alguien por una bonita corbata o por una buena presentación. A nadie le molesta recibir un cumplido. Haz eso y todo irá bien.

Parecía tan seguro, como si de verdad creyese que podía hacerlo. Daba igual, ella sabía que no sería fácil porque no tenía experiencia en reuniones de alto nivel.

Eric se mostraba tan seguro porque estaba acostumbrado, lo hacía todos los días.

Esperaba no abochornarlo, pero existía el riesgo de que cometiese un error y eso le costase el proyecto. Y si era así después de lo que habían compartido...

Nunca sería capaz de volver a mirarlo a los ojos.

No había forma de escapar de la realidad: estaban juntos en la cama, casi desnudos, el sudor en su espalda empezaba a enfriarse y quería que Eric la calentase de nuevo.

—¿Y después de eso?

Él sostuvo su mirada durante unos segundos.

—Eso depende de ti —respondió en voz baja, tocando la cama—. Aquí hay mucho sitio. Puede que me sienta solo.

Debería decir que no. Debería alejarse mientras pudiera, antes de cruzar esa frontera final. Si fuese lo bastante fuerte, dormiría sola esa noche.

Pero entonces Eric tomó su cara entre las manos para darle un tierno beso en los labios y supo que no iba a ser lo bastante fuerte. Porque iba a dormir entre sus brazos esa noche.

—Eso sería trágico, ¿verdad?

Eric la besó en los labios antes de darle una palmadita en el trasero.

—Devastador, pero tenemos mucho que hacer antes de eso.

Suspirando, Sofía se levantó de la cama.

—Entonces será mejor que empecemos a movernos.

***

–Bueno –dijo Eric mientras las puertas del ascensor se cerraban–. Creo que todo ha ido bien.

Sofía tuvo que hacer un esfuerzo para no apoyarse en la pared del ascensor. ¿Quién hubiera imaginado que prestar atención a la conversación durante todo el día, con una sonrisa en los labios, podría ser tan agotador?

Pero eso no era lo único que la tenía agotada. El esfuerzo de no mirar a Eric, de no sonreírle, de no mostrar que estaba pendiente de él, la había dejado exhausta. Y no sabía si lo había conseguido porque le deseaba.

Apenas reconocía su reflejo en las paredes de espejo del ascensor. El vestido de encaje blanco y negro, y el sujetador sin tirantes, le daban un aspecto fabuloso. Casi no parecía una madre de mellizos, y eso era impresionante. Se había puesto la *pashmina* sobre los hombros, dejando al descubierto sus brazos desnudos.

Y a Eric también parecía gustarle, porque no había dejado de mirarla en toda la noche. Como ahora. Se acercó un poco más, hasta que sus hombros se rozaron. Cuando le sonrió, Sofía no pudo evitar pensar: «encajamos».

Lo cual era ridículo. Que el traje oscuro y la corbata de color azul eléctrico conjuntasen con su vestido no significaba que hubiera un sitio para ella en su vida. Pero era suficiente para fingir durante ese fin de semana.

–¿Podemos esperar hasta mañana para repasar las notas? –preguntó Meryl, con tono agotado.

Sofía dio un respingo. ¿Tenían que volver a trabajar después de ocho horas de reuniones? ¿Antes de que Eric y ella pudiesen retomar lo que habían dejado a

103

medias por la tarde? Incluso durante la cena, una de las mejores que había probado en su vida, había estado concentrada en escuchar. Estaba acostumbrada a dormir poco, como cualquiera que tuviese hijos pequeños, pero dibujar con los niños no exigía el mismo esfuerzo mental que seguir una discusión sobre ordenanzas estatales y federales.

Por suerte, no había hecho el ridículo. Había prestado atención a la conversación, sin mirar a Eric fijamente, intentando no recordar su cuerpo casi desnudo unas horas antes. No había sido fácil, pero lo había conseguido. Al parecer, durante un fin de semana podía hacer creer a todo el mundo que su sitio estaba al lado de Eric.

—Por supuesto —asintió él, rozando la mano de Sofía. El contacto fue como un relámpago—. Ha sido un día muy largo, pero estoy impresionado por cómo os habéis recuperado y sé que mañana estaremos como nuevos.

—Arriba el equipo —dijo Steve con tono lastimero, haciendo reír a su mujer.

Sofía consiguió sonreír. Les esperaba otra larga jornada de trabajo al día siguiente, pero esa noche…

Esa noche estaría en los brazos de Eric y sería un poco egoísta. Podía dar rienda suelta a su deseo en lugar de preocuparse por las necesidades de otros. Y merecería la pena, aunque fuese incómodo por la mañana, porque quería recordar que era una mujer con deseos y necesidades.

Apretó los dedos de Eric durante un segundo, pero apartó la mano cuando el ascensor se detuvo.

—¿A qué hora es la reunión de mañana? —preguntó él mientras se dirigían a sus habitaciones.

–A las nueve –respondió Sofía.

–Nos veremos en la suite a las ocho para desayunar –anunció Eric, lleno de energía, como si hubiera podido seguir en el bar durante unas horas más.

Pero ella no quería quedarse en el bar, quería estar en su cama.

Meryl y Steve se despidieron cuando llegaron a la habitación y Eric se detuvo un momento para mirar por encima de su hombro antes de volverse para mirarla a los ojos. Sofía asintió con la cabeza, respondiendo a la pregunta que no había hecho con palabras.

Daba igual cuál fuera. La respuesta era afirmativa.

–Buenas noches –se despidió, antes de entrar en su habitación. Necesitaba un momento para usar el baño y arreglarse un poco, pero después abrió la puerta de la suite y entró sin esperar más.

El pulso se le aceleró. Estaba emocionada y eso era algo nuevo para ella. Tras la muerte de David, mientras intentaba cuidar de sus hijos recién nacidos, no tenía energía para echarlo de menos. Su sexualidad había quedado aparcada, pero cuando la niebla de la depresión empezó a abrirse se preguntó si sería capaz de volver a sentir deseo por algún hombre. Era casi como si hubiese olvidado lo que era.

Pero esa tarde Eric había hecho que perdiese la cabeza con unas simples caricias y unos besos apasionados. Y había sido un alivio inmenso. Aún podía sentir, pensó. Esa parte de ella no había muerto con David, pero quería más. Lo quería todo.

Quería a Eric y, afortunadamente, él estaba allí, esperándola. Aquel era su fin de semana y el lunes todo volvería a la normalidad. Ella iría a trabajar y él se iría a navegar en su barco. Nada de comprar ropa, nada de besos en el asiento del coche, nada de fotografías de Eric con sus hijos en brazos.

Nadie sabría lo que había pasado en San Luis. Especialmente su madre.

Eric salió del dormitorio y la tomó entre sus brazos. Se apoderó de su boca con un beso tan ardiente que, de repente, sentía que llevaba demasiada ropa. Por suerte para ella, Eric parecía decidido a remediar esa situación.

—Toda la noche —murmuró sobre la delicada piel de su cuello—. Llevo mirando ese vestido toda la noche.

—Me gusta el vestido —dijo ella, mientras Eric tiraba de la cremallera, besando su cuello y su escote al mismo tiempo. Experimentó una oleada de calor por todo el cuerpo—. Me hace sentir…

—No es el vestido, eres tú —la interrumpió él, tirando de la cremallera hasta que la prenda se abrió. El aire fresco en la espalda le provocó un escalofrío y endureció sus pezones—. Tú haces que el vestido sea precioso, Sofía —dijo luego, dando un paso atrás para deslizarlo por sus hombros—. ¿Pero sabes que es mejor que verte con este vestido?

—¿Qué?

—Verte sin él —respondió Eric. La prenda cayó hasta su cintura y él siguió tirando hacia abajo—. Sofía… —susurró cuando cayó al suelo y ella quedó en sujetador, bragas y zapatos de tacón. Sus ojos se iluminaron mientras daba un paso atrás para admirarla—. Pensé que estaba preparado, pero no es verdad.

Capítulo Once

–¿No lo estás? –preguntó ella, angustiada.

«Por favor, por favor, que esto no sea un error».

Pero Eric tomó su cara entre las manos.

–Puede que nunca esté preparado para ti, cariño. Vas a dejarme sin aliento, ¿verdad?

Y antes de que ella pudiese replicar a ese sincero cumplido, maldito fuera, Eric inclinó la cabeza para buscar sus labios. Sofía se perdió en ese beso. De algún modo estaban moviéndose, aunque no se daba cuenta. Eric se quitó los zapatos y empezó a tirar de su camisa. Perdió los pantalones en la puerta del dormitorio y ella le quitó la camiseta, dando un paso atrás para admirarlo.

Saltando de un pie a otro, Eric se quitó los calcetines. Había algo familiar y consolador en ese gesto tan banal. Le había visto quitarse los calcetines y los zapatos en innumerables ocasiones cuando se lanzaban a la piscina de niños. Era ridículo que algo tan simple pudiese relajarla, pero así era. No pasaba nada, todo iba bien. Seguía siendo Eric y, en el fondo, ella seguía siendo la antigua Sofía. No importaba cuánto hubiese cambiado, eso siempre sería igual.

Iba a quitarse las sandalias de tacón, pero Eric se lo impidió.

—No, espera.

Antes de que pudiese entender a qué se refería, se puso de rodillas y empezó a desabrochar la hebilla de una sandalia.

Era la segunda vez aquel día que estaba de rodillas frente a ella, desnudándola lentamente. Y empezó a pensar que tal vez ella tampoco estaba preparada. No tenía sentido que Eric pusiera tanto esfuerzo. Podría salir con cualquier mujer, ¿por qué estaba con ella?

Eric le quitó las sandalias y se quedó en cuclillas, mirándola.

—¿Estás bien?

Antes de que ella pudiese responder, se inclinó hacia delante para besar sus muslos y Sofía enredó los dedos en su pelo para no perder el equilibrio.

—Creo que sí —respondió.

—Podemos parar.

Sofía lo miró. Incluso desde la cama podía ver la erección bajo los calzoncillos. Se había rozado contra esa erección unas horas antes, había notado el cuerpo de Eric ardiendo por ella.

—No quiero parar —le dijo, pasando los dedos por su pelo—. Quiero sentirme bien. Quiero ser egoísta por una vez. Y quiero pasarlo bien —prosiguió, con un temblor en la voz—. Necesito pasarlo bien contigo, por favor.

—Haría cualquier cosa por ti —dijo él con tono serio—. Cualquier cosa, salvo comer nachos otra vez.

Sofía soltó una carcajada.

—Tonto.

—Esos nachos me han quitado un año de vida —insistió Eric, totalmente serio y burlón al mismo tiempo—.

Es asombroso que tú puedas comerlos sin que te lloren los ojos.

Le quitó la ropa interior, deslizándola lentamente por sus caderas. Podría haberse sentido avergonzada, pero iba besando cada centímetro que descubría. Y, mientras practicaba esa sensual seducción, seguía bromeando.

¿Había visto cuando el lugarteniente del gobernador metió la corbata en la sopa? ¿Había oído los chistes verdes que Steve contaba a los propietarios de una empresa constructora? ¿Había visto cuando él tropezó a la entrada del restaurante y estuvo a punto de chocar con un camarero?

Por supuesto que sí. Nada le había pasado desapercibido, pero había contenido la risa para no llamar la atención. Ahora, sin embargo, se sentía relajada y era capaz de reír con él. La gente trataba a Eric como si fuese un rey, pero solo era Eric, un chico que lanzaba pedruscos a la piscina, que disfrutaba de la comida basura y cuidaba de una vieja amiga. No era un arrogante multimillonario sin corazón.

Por Dios, estaba completamente enamorada de él.

No, aquello no era amor. Era simpatía, amistad y… sexo. Nada más. No podía ser nada más.

–Ya está –dijo él, incorporándose y envolviéndola en sus brazos para quitarle el sujetador–. Ahí está la sonrisa que tanto me gusta.

Cuando el sujetador cayó al suelo quedó completamente desnuda ante él por primera vez. Consiguió contener el deseo de cubrirse con los brazos. En lugar de pensar en su propia desnudez, se concentró en él.

–Te toca a ti.

–¿Sabes lo que lamento? –le preguntó Eric mientras ella empezaba a tirar de los calzoncillos.

–No –murmuró Sofía. No quería lamentar nada.

Él le levantó la cara con un dedo y, mientras tiraba de sus calzoncillos, Sofía tuvo que mirarlo a los ojos.

–Lamento haberme perdido el momento en el que pasaste de ser la niña de antaño a la mujer a la que deseo.

Ella deslizó los calzoncillos por sus delgadas caderas.

–No te lo perdiste –le dijo, alargando una mano para acariciar su erección. No necesitaba verla para saber que era impresionante. Tomó aire mientras envolvía el miembro con la mano.

–¿Ah, no?

Eric hablaba con voz ronca, temblorosa, con los ojos oscurecidos de deseo.

–Fue el momento en el que entré en tu oficina. No hubiera ocurrido antes de ese preciso momento –dijo Sofía, pasando la mano arriba y abajo, notando cómo el miembro masculino despertaba a la vida.

–Me alegro de no habérmelo perdido –murmuró él, buscando sus labios mientras, con una mano, le deshacía el moño.

–Yo también.

Cayeron juntos en la cama, tocándose por todas partes. Él estaba ardiendo, su piel suave y dura al mismo tiempo. Sofía levantó las caderas, apretándose contra su erección. La volvía loca y le gustaba tanto…

Aquello no era un sueño, pero el resto del mundo desapareció. No pensó en funerales, ni en facturas, ni en bebés, ni en el trabajo. Mientras Eric le mordisqueaba el cuello, solo podía pensar que quería que la devorase. Cuando lamió sus pezones, haciendo que se endurecieran, solo podía pensar que quería compartirlos con él. Y cuando introdujo los dedos entre sus piernas, buscando sus húmedos pliegues hasta que ella levantó las caderas y gritó de gozo, solo podía pensar que se había encontrado a sí misma. Se había encontrado a sí misma con él.

–Un momento –dijo él entonces, apartándose.

–¿Qué pasa?

–Nada.

Eric se inclinó para tomar un preservativo del bolsillo del pantalón y luego volvió a su lado.

Sofía miró su cuerpo desnudo. Había acariciado sus músculos y su piel, pero ver era creer y no podía creer que todo eso fuera suyo.

–¿Te he dicho que me gustan tus marcas de bronceado? –le preguntó mientras se colocaba entre sus piernas.

–No, no me lo habías dicho –respondió Eric, riendo, mientras se ponía el preservativo.

–Deberías usar crema solar –dijo ella, pasando las manos por sus bíceps–. Eres un pelirrojo de piel morena… algo tan raro y especial. No hay nadie más como tú y no puedo creer que seas todo mío ahora mismo.

Notaba el roce del glande en la entrada de su cueva y quería levantar las caderas para recibirlo, pero él la miraba con una ternura que era casi alarmante.

–Sofía… –empezó a decir, en un tono que la hizo estremecer.

Pero cuando empezó a empujar hacia delante supo que, por mucho que la hiciese reír, o por bien que la hiciese sentir, aquello era mucho más que una mera diversión.

Entró en ella despacio, llenándola centímetro a centímetro. Sintió un espasmo y se cerró alrededor de su miembro. Había pasado tanto tiempo y era tan maravilloso que quería gritar de alivio.

Eric respiraba con dificultad, con el rostro enterrado en su cuello. Estaba temblando y, por un momento, se quedaron así, unidos en el silencio de la intimidad.

–Sofía.

–Sí –susurró ella. Daba igual lo que quisiera decir. Estaba a su lado, estaban juntos y la respuesta era «sí». Tal vez siempre lo sería.

Eric movió las caderas, ella levantó las suyas y juntos encontraron el ritmo. Sofía se preguntó si debería hacer algo más, pero había algo tan liberador en quedarse tumbada y dejar que él se encargase de todo... No tenía que dar y dar hasta que no le quedaba nada. Podía ser egoísta y avariciosa porque en aquel momento Eric era todo suyo.

–Dime lo que necesitas, cariño –susurró él–. Deja que te lo dé.

Ella necesitaba mucho más que una noche o un fin de semana. Necesitaba compensar por el tiempo perdido. Estaba cansada de contentarse con sobrevivir, quería vivir.

–Espera... échate hacia atrás –le pidió. Eric lo hizo, incorporándose un poco, pero sin salirse de su cuerpo–. Me gusta tanto –dijo Sofía, colocando las piernas sobre su pecho.

Él se quedó inmóvil, mirándola.

–¿Qué tal esto?

Sujetando una de sus piernas, levantó la otra para colocársela al hombro. Sofía contuvo el aliento, sintiéndose abierta, expuesta.

–Sí –murmuró, disfrutando de aquella nueva sensación. En esa postura parecía más grande, más duro, y se sentía tan cerca de él–. Sí, vamos a probar así.

A partir de ese momento, Eric aumentó el ritmo. Nada de hacerle el amor de forma lenta o mesurada. No estaba tomándose su tiempo. Se enterró en ella una y otra vez y, un minuto más tarde, Sofía se puso tensa, experimentando un orgasmo que la golpeó como un relámpago.

–¡Eric! –gritó. Y luego no pudo decir nada más.

Él no le dio oportunidad de respirar. No le dio tiempo para volver a la tierra después de ese maravilloso orgasmo. Empujaba sin parar, llevándola de una cima a otra aún más alta. En aquella ocasión, cuando terminó, revolviéndose en la cama y agarrándose a sus hombros, Eric terminó con ella. Los tendones de su cuello se marcaban mientras se dejaba ir lanzando un rugido.

Los dos jadeaban. Aún podía sentirlo dentro de ella, aunque estaba apartándose. Sofía intentó retenerlo, aunque sabía que no podía ser.

No quería soltarlo, ya no, tal vez nunca. Pero lo hizo, claro. Tenía que hacerlo. Cuando Eric se apartó, no tuvo más remedio que dejarlo ir.

–Mi preciosa Sofía –murmuró sobre su pelo.

Y no hizo falta nada más.

Lo amaba. Qué pena que aquello tuviese que terminar.

Capítulo Doce

Era difícil pensar con el pulso latiendo en sus oídos y su cuerpo vibrando de una forma que era nueva para él. Pero una vez que pudo hacerlo, cuando recordó lo que había sentido mientras hacía el amor con Sofía, Eric supo que estaba metido en un buen lío.

Porque le había prometido que lo pasarían bien ese fin de semana. Podía hacer que se sintiera feliz, que dejase de ser madre y viuda por unos días para ser... bueno, no su novia, pero sí una mujer con deseos y necesidades que él podía atender. Y, sobre todo, le había prometido que pasara lo que pasara siempre serían amigos. Amigos con derecho a roce, pero amigos de verdad.

Pero no sabía si podrían volver a ser solo amigos después de aquello.

No había tenido relaciones con una mujer en seis meses... no, casi diez. Era posible que esa oleada de emoción solo fuese un picor que necesitaba rascar, un alivio tras una larga temporada de soledad.

Sofía besó su cuello.

—Vuelvo enseguida —dijo en voz baja.

Eric contuvo el estúpido deseo de volver a abrazarla.

—Muy bien —murmuró.

La vio atravesar la habitación y desaparecer en el baño y volvió a apoyar la cabeza en la almohada.

Su corazón seguía latiendo como un tambor de guerra. Debería estar cansado, dispuesto a dormir. Aquel encuentro había merecido la pena para los dos, pero ya podía dejar de pensar en ella.

«Sí, seguro».

Porque una cosa estaba clara: acostarse con Sofía no había sido un simple alivio físico. Lo que había sentido con ella no había sido solo satisfacción sexual.

Sí, estaba metido en un buen lío.

Él no era una persona impulsiva, pero desde que apareció en su oficina y en su vida de nuevo, había tomado decisiones sin reflexionar. La había contratado sin comprobar sus referencias, la había llevado de compras.

Se habían acostado juntos dos veces. Era su gerente y había estado dentro de ella. Y, que Dios lo ayudase, si le sonreía, le haría el amor de nuevo. No sabía si sería capaz de controlarse.

Cuando consiguió animarse, unos meses después de descubrir que el hijo de Prudence no era hijo suyo, se había visto forzado a tomar una decisión importante: no volver a mantener relaciones fortuitas. Eran un alivio físico, pero nunca habían hecho que se sintiera mejor. Necesitaba algo más en la cama… y fuera de ella.

Aquel fin de semana debería haber sido algo circunstancial, solo dos amigos ayudándose mutuamente. Eric enterró la cabeza entre las manos. Nada de aquello era circunstancial. Era Sofía y le importaba. ¿Y sus hijos? Esos niños inocentes que no tenían padre y, sin embargo, estaban llenos de alegría…

¿Qué le pasaba? Tenía treinta y un años, era soltero, multimillonario. El mundo era su ostra. Podía tener todo lo que quisiera.

¿Por qué deseaba a Sofía? Y no solo una relación sexual. Lo quería todo. Quería ser su familia, su marido, un padre para sus hijos. Quería el final feliz para su historia. Quería una vida perfecta que solo podría tener con ella.

Como un idiota, le había prometido que aquello sería solo un fin de semana para desahogarse entre negociaciones multimillonarias. No debería haberla contratado, pensó. Debería haber hecho caso a su instinto y haberle buscado un puesto en otra empresa… y luego pedirle una cita. Se había mentido a sí mismo desde el principio sobre lo que quería de ella.

No quería a Sofía solo como gerente, la quería como… todo.

Sí, era un idiota, pensó. Porque intentar cambiar los términos del acuerdo solo serviría para arruinar el fin de semana. Trabajaban juntos, ella seguía de luto por su marido. Podría no querer reemplazar al padre de sus hijos, ni siquiera con él.

La puerta del baño se abrió y ella entró en la habitación, completamente desnuda. Se quedó a los pies de la cama, esbozando una sonrisa.

Sí, estaba metido en un verdadero lío.

Tenía que dejar de darle vueltas al asunto, pensó, mientras saltaba de la cama para besarla. Podría pasar el resto de su vida besándola, pensó entonces. Sofía se apretó contra él y su cuerpo respondió de inmediato.

Él ya no era un crío cachondo, por Dios, pero no le pasó desapercibido el rubor en sus mejillas.

–¿Todo bien?

Ella asintió con la cabeza.

–Voy a traer algunas cosas de mi habitación y a llamar a mi madre.

–Aquí te espero.

Cuando desapareció, Eric se miró en el espejo. Tenía el mismo aspecto que antes, pero todo era diferente. Le gustaba el sexo, siempre le había gustado, pero aparte de las primeras veces, cuando todo era nuevo, no recordaba sentirse cambiado después de hacer el amor con una mujer. Desde luego, no le había pasado con su exprometida. Acostarse con Prudence nunca había sido emocionante. Los dos disfrutaban, pero…

No lo había hecho sentir como un hombre nuevo y, sin embargo, sabía que después de estar con Sofía nunca volvería a ser el mismo.

Suspirando, se puso los calzoncillos y se dirigió a la cocina para sacar una botella de agua mineral de la nevera. Nunca tomaba más de una copa cuando estaba trabajando, así que en su habitación siempre había café, té y agua mineral.

Pero, francamente, necesitaba una copa en ese momento. Algo que lo ayudase a salir de aquella confusión. Porque lo quería todo de Sofía y no sabía cómo conseguirlo sin asustarla.

Sofía volvió a la habitación unos minutos después. Se había puesto una camiseta larga y unas bragas. O eso creía. Sentía la tentación de levantar la camiseta y comprobar si estaba en lo cierto.

–Mi madre ha enviado una fotografía de los niños. ¿Quieres verla?

–Sí, claro.

Addy y Eddy, sentados en sillitas gemelas, como si se hubieran tirado por encima un plato de espagueti con tomate. Había salsa y espagueti por todas partes, y ellos sonriendo de oreja a oreja. Curiosamente, esa imagen era todo lo que necesitaba y sal en la herida al mismo tiempo, porque no eran sus hijos.

–Seguro que la hora del baño es una fiesta –bromeó.

–No tienes idea –dijo Sofía, con el tono de un veterano de guerra.

Eric le ofreció la botella de agua. Debería decirle que estaba muy guapa, o lo fabuloso que había sido el sexo. Nunca había tenido ningún problema para decir esas cosas, pero se había quedado sin palabras. Lo único que pudo decir mientras le ofrecía la botella fue:

–Ven a la cama.

Ella levantó la mirada y Eric tuvo que hacer un esfuerzo sobrehumano para no tomarla en brazos y hacerle el amor de nuevo.

–Muy bien.

Volvieron a la cama de la mano. Y sí, Sofía llevaba bragas. Unas suyas, no las que Clarice había elegido para ella. Le gustaban más por eso.

Eric apartó el edredón y apagó la luz. No sabía si sería capaz de conciliar el sueño, pero esperaba que así fuera.

–¿Eric? –lo llamó ella unos minutos después.

–¿Sí, cariño?

Sofía puso una mano en su pecho.

–Solo quería que supieras que esto significa mucho para mí. Yo nunca… nunca había estado con otro hombre aparte de mi marido. Nunca había compartido la cama con nadie más.

Eric tragó saliva.

–Me siento honrado.

–Gracias por abrazarme, por estar ahí. No tienes idea de lo que esto significa para mí.

Su confianza era un regalo que Eric no sabía si merecía.

–Siempre estaré ahí para ti –le dijo, porque era lo más parecido a la verdad sin cambiar los términos de su acuerdo.

Esa noche, tardó mucho en conciliar el sueño.

Aunque estaba a doce metros y seguramente había unas treinta personas entre ellos, Eric no había sido capaz de dejar de mirar a Sofía en toda la noche. Estaba al otro lado del salón Starlight, un salón de baile en la última planta del hotel Chase Park Plaza, escuchando la conversación entre el director de urbanismo y la mujer del contratista que Steve pensaba contratar para la demolición.

Esa noche, Sofía llevaba un vestido de encaje rojo. Estaba guapísima bajo la luz de las lámparas. Sencillamente preciosa. Le encantaba cómo le quedaba el color rojo. Tal vez debería comprarle ropa interior roja, algo de encaje. Tal vez con medias a juego, un liguero y unos zapatos negros con tacón de aguja.

Esa imagen estuvo a punto de hacerle perder la concentración. Llevaba todo el día hablando del proyecto, pero había tenido que hacer un esfuerzo sobrehumano para no acercarse a ella.

Necesitaba un collar de perlas, decidió. No le había pedido a Clarice que incluyese joyas en la compra, pero unas perlas entre sus pechos, con unos pendientes a juego…

—La visión que tengo para el espacio… —estaba diciendo alguien. Pero Eric no prestaba atención.

¿Cuánto tiempo tendrían que esperar hasta que pudieran irse de allí? ¿Hasta que pudiese arrancarle ese vestido y tumbarla en la cama? El tiempo que había pasado desde que hicieron el amor le parecía una eternidad, y no sería capaz de aguantar mucho más.

Pero entonces Sofía se alejó del grupo con el que estaba charlando y Eric tuvo que alargar el cuello para buscarla entre la gente. Al verla hablando por el móvil se puso alerta de inmediato. Ocurría algo, estaba seguro. Y esa premonición se hizo más fuerte cuando Sofía se dirigió al otro lado del salón, con el teléfono pegado a la oreja.

Lo primero que pensó fue en los niños.

—Señor Jenner —lo llamó el alcalde—. ¿Conoce a…?

—Discúlpenme —lo interrumpió Eric. No tenía tiempo para hacer negocios en ese momento. Sofía lo necesitaba— . Si me perdonan un momento, tengo que atender un asunto urgente.

Consiguió atravesar el salón sin pararse con los que querían estrechar su mano o darle la bienvenida a San Luis. El contrato aún no estaba firmado, pero al parecer el acuerdo iba a salir adelante y todos querían celebrarlo.

Todos menos Sofía. Prácticamente iba corriendo cuando llego a su lado y cuando ella se dio la vuelta, su corazón se detuvo. Porque él conocía esa mirada. Estaba a punto de sufrir un ataque de ansiedad. Se acercó a ella y puso una mano en su hombro.

—¿Qué ocurre?

—Los niños se han puesto enfermos.

Eric no pudo hacer nada más que mirar su expresión preocupada con una sensación de total y absoluta impotencia.

—¿Muy enfermos?

—Mi madre dice que empezaron a vomitar anoche y… —le contó. Eric vio que le temblaban los labios mientras le apretaba el brazo—. Mi padre ha llevado a Eddy al hospital. ¿Qué voy a hacer?

—Pero anoche estaban bien. Tu madre te envió una fotografía.

—No quería preocuparme porque sabía que yo estaba trabajando y, supuestamente, debía estar pasándolo bien. Mis padres pensaban que se les pasaría, pero Eddy se ha puesto peor… mi niño está en el hospital y yo estoy en San Luis. Mis hijos me necesitan y yo no estoy a su lado.

Él no sabía nada sobre niños enfermos ni hospitales, pero sabía que un ataque de ansiedad no ayudaría a nadie. Tenía que calmarla.

—Yo te llevaré a Chicago. Nos vamos ahora mismo.

—Pero tienes que hablar con el alcalde…

Eric tomó su mano y tiró de ella hacia el otro lado del salón para hablar con Meryl y Steve.

—Nos vamos. Los hijos de Sofía se han puesto enfermos. Quiero que os quedéis y que os disculpéis en mi nombre. Me da igual cómo volváis a casa. Podéis alquilar un coche o tomar el tren, cargad la factura a la empresa. O puedo enviaros el avión de vuelta…

–No, eso no será necesario –se apresuró a decir Steve.

–Vete –dijo Meryl, abrazando a Sofía–. Cuida de tus niños. Nosotros nos encargaremos de esto.

Sofía dejó escapar un sollozo y Eric le pasó un brazo por la cintura mientras la guiaba hacia los ascensores. Mientras esperaban, llamó a su piloto y le dijo:

–Me da igual cómo lo hagas, pero tenemos que estar en el aire en una hora. O antes.

Por fin, después de lo que le pareció un siglo, se abrieron las puertas del ascensor.

–Todo va a salir bien, cariño –le dijo, intentando animarla. Cuando Sofía le echó los brazos al cuello, desesperada, le rompió el corazón. Estaba tan preocupada… y él no podía chascar los dedos y arreglarlo.

Lo único que podía hacer era llevarla de vuelta a Chicago lo antes posible para que pudiese estar con sus hijos. Podía encargarse de que Eddy tuviese los mejores cuidados. Y, que Dios no lo quisiera, si ocurría algo, él estaría a su lado. Porque para eso estaban los amigos.

Pero eso no era cierto y lo sabía. Porque sentía algo por Sofía que iba más allá de la amistad o de la amistad con derecho a roce. Lo que sentía por ella era mucho más profundo. Había despertado una pasión en su corazón que había echado de menos durante meses. Años. No había sentido aquello por Prudence y no había luchado por ella.

¿Pero Sofía, Eddy, Addy? Por Dios, iba a luchar por ellos. La verdad lo golpeó como un mazazo.

Sofía y sus hijos eran su familia y haría cualquier cosa por ellos.

—Llegaremos en unas horas, todo va a salir bien —le dijo, intentando mostrarse convencido.

Sofía empezó a llorar y lo único que él podía hacer era abrazarla.

—Lo siento —se disculpó—. Es que cuando David murió…

—No pienses en eso —la interrumpió él—. Eddy va a ponerse bien. Es un pequeñajo muy fuerte. ¿En qué hospital está?

—En St. Anthony.

Demonios, no conocía a nadie allí. Si pudiesen llevar a Eddy al Hospital Infantil… había donado mucho dinero y conocía a todos los médicos.

Robert Wyatt, pensó entonces. El heredero del imperio farmacéutico Wyatt era cirujano en St. Anthony. Y, aunque no tratase a niños, a menos sería capaz de recomendar el mejor médico para Eddy.

Normalmente, Eric no pedía favores. Siempre había mantenido una amistosa rivalidad con Marcus Warren, pero no tenía amistad con Wyatt. La única razón por la que no habían terminado a golpes era que trabajaban en industrias diferentes y, aun así, en una ocasión…

No, no quería pedirle un favor. Pero entonces Sofía lo miró con los ojos llenos de lágrimas y supo que tenía que hacerlo. Haría cualquier cosa para que Eddy se pusiera bien, incluso pedirle un favor a un tipo al que detestaba.

—Haré algunas llamadas —le prometió.

Wyatt no daría saltos de alegría, pero no estaba dispuesto a aceptar una negativa. Robert Wyatt estaba en deuda con él.

Sofía asintió, haciendo un visible esfuerzo por tranquilizarse. En ese momento, se abrieron las puertas del ascensor.

–Vamos –dijo Eric.

Fueron corriendo a la habitación y tardaron menos de cinco minutos en guardar sus cosas en la maleta. Ninguno de los dos se molestó en cambiarse de ropa. Eric solo paró un momento para llamar a recepción y pedir un coche que los llevase al aeropuerto. Cualquier coche.

Tenía que llevar a Sofía al lado de su hijo.

Capítulo Trece

Sofía no recordaba el aterrizaje. No podría decir si había sido suave o desastroso porque solo podía pensar en sus hijos.

–¿Y bien? –le preguntó Eric cuando volvió a hablar con su madre.

Sofía tomó aire, intentando calmarse. El chófer conducía a toda velocidad, saltándose algún semáforo en su prisa por llegar al hospital, y ni siquiera el cinturón de seguridad pudo evitar que se deslizase por el asiento.

–Está en casa, con Addy. Dice que la niña está bebiendo muchos líquidos, y eso es bueno. Ha dejado de vomitar.

Eric le pasó una mano por el brazo. No se había apartado de su lado desde que subieron al ascensor del hotel. Sofía no recordaba el vuelo desde San Luis o el aterrizaje en medio de la noche, pero sabía que Eric había estado a su lado. Como lo estaba en ese momento.

–¿Y tu padre sigue en el hospital con Eddy?

–Sí.

Eran las tres de la madrugada y estaba agotada. Si no fuese por Eric, no sabía qué habría hecho.

–Ya casi hemos llegado –le aseguró él, intentando mostrar confianza.

Sabía que su intención era calmar sus miedos, pero no podía hacerlo. Si no hubiera ido a San Luis habría estado con sus hijos cuando se pusieron enfermos. Podría haberlos consolado, o al menos haberlos llevado antes al hospital. Sus padres solían negarse a llamar al médico a menos que la situación fuese grave porque no querían gastar dinero en algo tan poco importante como un resfriado. No le había contado eso a Eric porque no sabía si lo entendería, pero que sus padres hubiesen llevado a Eddy al hospital la aterrorizaba porque significaba que el niño estaba muy enfermo. Debería haber estado al lado de sus hijos y, en lugar de eso, estaba acostándose con Eric.

Por primera vez desde la muerte de David había sido un poco egoísta. Había pensado en ella misma en lugar de pensar en sus hijos y ahora estaba corriendo al hospital, esperando no llegar demasiado tarde. Aquello era demasiado familiar: la carrera en el coche para llegar al hospital, esperando llegar a tiempo, esperando que nadie muriese.

—Yo encontré a David —dijo en voz baja. No quería revivir el peor día de su vida, pero el temor por la vida de su hijo la hacía hablar—. Se levantó en medio de la noche. Había tenido dolor de cabeza durante toda la tarde y estaba empeorando, así que se iba a tomar una pastilla. Yo estaba en los últimos meses de embarazo y no podía dormir, pero cuando no volvió a la cama fui a buscarlo. Lo encontré tirado en el suelo de la cocina.

Eric levantó su mano para llevársela a los labios.

—¿Qué pasó?

—Dijeron que había sido un aneurisma. Él… —Sofía

tuvo que hacer una pausa para respirar. ¿Sería más fácil algún día?, se preguntó–. Había muerto cuando lo llevaron al hospital. Fue el peor día de mi vida.

–Cariño… –Eric se quitó el cinturón de seguridad para envolverla en sus brazos–. Esto no es lo mismo. Eddy está enfermo, pero no va a morir. Si yo puedo hacer algo al respecto, no le pasará nada.

–No puedes hacer nada –musitó ella. No podría soportar más dolor. «Por favor», rezó, «por favor, no dejes que mi hijo muera»–. Nadie puede hacer nada.

–Sofía –dijo él entonces, tomando su cara entre las manos–. Esto no es culpa tuya.

Ella lo sabía, pero sus ojos se llenaron de lágrimas.

–Debería haber estado aquí. Debería haber estado con mis hijos en lugar de…

«En lugar de estar contigo».

No lo dijo en voz alta, pero no tenía que hacerlo. Eric sintió que sus ojos se llenaban de lágrimas. Aunque era absurdo, Sofía estaba exagerando. Era el sentimiento de culpa de una madre. Eddy se pondría bien.

Los niños no eran nada suyo, pensó. Eran los hijos de una amiga. Sin embargo, se había ido de San Luis sin pensarlo dos veces, arriesgando uno de los mejores contratos de su vida. ¿Y para qué?

El coche se detuvo de golpe y Eric miró por la ventanilla. Estaban frente al hospital.

–Vamos –murmuró, ayudándola a bajar del coche. No soltó su mano mientras corrían hacia la entrada–. ¿En qué planta está?

–En la tercera.

Cuando las puertas del ascensor se cerraron tras ellos, Eric se volvió para tomar su cara entre las manos.

–Respira, Sofía –le dijo–. El pánico es contagioso y no quieres disgustar al niño, ¿verdad?

Sus pulmones no parecían capaces de llenarse de aire, pero hizo un esfuerzo para respirar. Era una lucha, pero Eric tenía razón; debía calmarse y no aparecer histérica en la habitación de su hijo.

–Siento mucho haberte hecho venir…

Aquello era precisamente lo que más había temido: malograr el contrato y demostrar que Eric había cometido un error al pensar que podía ocupar un sitio en su vida.

–¿Cómo puedes pensar que el contrato significa algo para mí cuando tú me necesitas, cuando Eddy me necesita? Tus hijos y tú sois mucho más importantes que cualquier contrato.

Sofía se quedó sin aliento. En otras circunstancias, esa hubiera sido una afirmación tan romántica, prácticamente una declaración de amor. Pero no podía ser. Eric solo intentaba tranquilizarla, hacer que se sintiera mejor. Y ella necesitaba toda la ayuda posible en ese momento.

La puerta del ascensor se abrió en la planta de pediatría. Tardaron unos minutos, pero por fin encontraron la habitación. Su padre estaba sentado en una silla, con aspecto demacrado.

–Sofía –dijo, abrazándola–. Todo va bien. El niño está respondiendo al tratamiento, pero lo mantienen sedado para que no se quite la vía. Y solo puede haber una persona…

Sofía no oyó el resto de la frase mientras se dejaba

caer sobre la silla, al lado de la cama, con un nudo en la garganta que casi le impedía respirar.

–Mi niño… –murmuró, apartando el pelo de su carita.

–Aquí está nuestro pequeño campeón –dijo Eric, tapando con una manta el brazo donde tenía puesto el goteo para que no lo viera. Aunque estaba sedado, Eddy esbozó una media sonrisa que casi le rompió el corazón.

–Mamá está aquí, cariño. Siento haber tardado tanto, pero ya estoy aquí y tú eres tan fuerte.

Eric apretó su hombro y oyó que su padre decía algo, pero no lo entendió. La habitación quedó en silencio, salvo por el ruido del goteo y el estruendo de su sentimiento de culpa.

El tiempo pasaba mientras miraba cómo el pecho de su hijo subía y bajaba suavemente. Solo llevaba un pañal y parecía tan pequeño, tan frágil. Debería haber estado a su lado, no en la cama de Eric. Había defraudado a su hijo ¿y para qué? Si algo le ocurría a Eddy, no se lo perdonaría nunca.

–Buenos días –escuchó una voz desde la puerta–. Señora Bingham, ¿no?

Sofía se secó las lágrimas mientras se daba la vuelta. Pero cuando vio al hombre que estaba en la puerta se llevó una sorpresa.

–¿Robert Wyatt?

Había pasado mucho tiempo, pero enseguida reconoció al chico que había intentado meterle mano casi veinte años antes. El hombre que tenía delante era alto, de anchos hombros, con el pelo oscuro y brillantes ojos azules.

Llevaba una bata blanca y un estetoscopio en el bolsillo. ¿Qué hacía allí?

—Doctor Wyatt. ¿Nos conocemos? —le preguntó él—. Ah, espera un momento…

¿Cómo podía aquel día ser aún más extraño? La última persona a la que quería ver era a Robert Wyatt, especialmente en aquella situación.

—Soy Sofía. Eric y yo éramos amigos de niños.

Él la miró, boquiabierto.

—Eres la hija de la criada, ¿no?

Ella sintió que le ardía la cara.

Incluso después de tantos años seguía siendo «la hija de la criada». Durante el fin de semana había querido creer que podría haber un sitio para ella en el mundo de Eric, pero era una mentira. Eric podría no darse cuenta de la verdad, pero los demás sí.

Ella siempre sería la hija de la criada, una desventaja para él. Sofía miró a Wyatt, preguntándose si debería patearlo de nuevo.

—Entonces te debo una disculpa —dijo él entonces.

—¿Qué?

—Por algo que ocurrió hace mucho tiempo, cuando éramos unos críos. Seguramente no te acuerdas de mí…

—Recuerdo que me acorralaste —lo interrumpió Sofía.

Él hizo una mueca.

—Como he dicho, te debo una disculpa. No debería

haber intentado nada. Aunque, si no recuerdo mal, recibí mi merecido.

Aquella era la conversación más extraña que había mantenido nunca.

—Ya, muy bien, ¿pero qué haces aquí? —le preguntó Sofía. Porque no le interesaba Wyatt; solo quería que su hijo se pusiera bien.

—Jenner me ha llamado. Me ha dicho que el hijo de una amiga estaba enfermo y me ha pedido que viniese a verlo. No sabía que fuese tu hijo, claro. Soy cirujano pediátrico, por eso me llamó Jenner —respondió él, estudiando el informe del médico de guardia—. Bueno… —dijo luego, esbozando una sonrisa— por eso y porque le debía un favor. O más bien te lo debía a ti, así que supongo que sigo en deuda con él.

Sofía parpadeó, intentando entender de qué estaba hablando.

—¿Puedes decirme cómo está mi hijo?

—¿Has hablado con algún otro médico?

—No, aún no.

—Ha habido una epidemia de gastroenteritis muy perniciosa últimamente. Es muy desagradable, pero no dura mucho. El niño está respondiendo bien al tratamiento —Wyatt se acercó a la cama para observar a Eddy—. Se pondrá bien, no te preocupes.

Ella debería haberse quedado en casa para cuidar de sus hijos y, en el proceso, no condenar al fracaso el contrato de Eric. Eso era lo único importante.

—Gracias —murmuró—. Pero quiero hablar con el médico de guardia.

—Sí, claro, pero te aseguro que tu hijo se pondrá

bien. Conociendo a los niños, se pondrá bien rápidamente. Hablaré con el médico de guardia antes de irme, pero seguro que puedes llevártelo a casa mañana mismo.

–Gracias por venir a verlo –dijo Sofía, rezando para que tuviese razón–. Te lo agradezco.

–Gracias por aceptar mi disculpa. Jenner no suele pedirle favores a nadie, pero ahora entiendo por qué lo hizo. Cuídate, Sofía.

Después de decir eso salió de la habitación y ella se quedó pensativa. ¿Qué había querido decir? Le gustaría que Eric estuviese allí. Había arriesgado tanto por ella. No tenía sentido porque era un hombre multimillonario, poderoso, sexy, fabuloso en la cama y maravilloso con los niños. Y también lo bastante estúpido como para arriesgar un contrato tan importante solo por…

¿Por ella?

No podía ser. Quería disculparse por costarle el contrato y por hacer que pidiese favores en su nombre, pero también quería abrazarlo y que le dijese que todo iba a salir bien.

Ya no sabía lo que quería. Había ido a la Inmobiliaria Jenner porque necesitaba un trabajo para mantener a su familia, nada más. Pero incluso eso era mentira. Porque podría haber solicitado muchos otros puestos, pero había ido a ver a Eric. ¿Y por qué?

Porque quería algo más de la vida. Y, durante un día y medio, lo había tenido.

Eric le había hecho sentir y desear cosas con las que había dejado de soñar: amor, ternura, satisfacción.

Felicidad.

Por primera vez desde que su marido murió, se había atrevido a ser un poco egoísta. ¿Y dónde la había llevado eso?

Eddy estaba en el hospital, Addy enferma en casa. Y ella no podía correr a su lado porque estaba con su hijo. Podría haber causado un daño irreparable al negocio de Eric…

Él no estaba allí y Sofía no se había sentido más sola en toda su vida.

Capítulo Catorce

Cuando Eddy despertó, hambriento, malhumorado, y totalmente normal, Sofía apenas podía aguantar más. Su madre acababa de entrar en la habitación.

–¿Cómo está Addy?

–Mucho mejor. Ha dormido de un tirón y…

En ese momento, un médico y una enfermera entraron en la habitación para quitarle el gotero al niño, y la conversación con su madre fue interrumpida.

Estaba agotada. Había conseguido dormir un rato tras la misteriosa aparición de Wyatt, pero nadie dormía bien en un hospital, y menos una madre preocupada.

Cuando salieron del hospital eran las dos de la tarde y Sofía seguía llevando la misma ropa que había llevado al cóctel. Su vestido ya no parecía bonito sino marchito y arrugado, como ella.

Pero no tomaron un taxi para volver a casa porque el chófer de Eric los esperaba en la puerta del hospital, con una silla de seguridad para el niño en el asiento trasero. Era un gesto tan considerado. Eric había desaparecido del hospital en medio de la noche, pero se había encargado de enviar al chófer a buscarlos. Y no tenía por qué quedarse con ella. A fin y al cabo, él no era el padre del niño.

No sabía que iba a pasar en la oficina al día siguien-

134

te. O incluso si iría a trabajar. ¿Cómo iba a concentrarse en el trabajo sabiendo que sus hijos estaban enfermos? ¿Eric esperaría que volviese o habría buscado un puesto para ella en otra compañía, como había hecho con aquella empleada que intentó seducirle? No quería ni pensar en el contrato de San Luis. Si perdía el contrato, ¿la culparía a ella?

No debería haber mezclado el trabajo con el placer. Había sido un error dejar solos a los niños el fin de semana y un error aún mayor acostarse con Eric. La verdad era que no tenía ni tiempo ni energía para empezar una relación. Sus hijos eran lo primero y, además, Eric era un hombre soltero, guapísimo y multimillonario. Francamente, no entendía por qué estaba interesado en ella cuando podría salir con cualquier otra mujer. Él era un famoso multimillonario y ella... bueno, ella era la hija de la criada, una mujer viuda, madre de dos hijos que vivía en casa de sus padres. No tenían nada en común.

Pero estar con Eric había sido un regalo, debía reconocerlo. Un regalo desacertado, pero aun así. Había sufrido mucho tras la muerte de su marido, pero no se había rendido y aún podía abrirle su corazón a otro hombre. Aún necesitaba amor. Quería compartir su corazón, y su cuerpo, con otra persona.

Pero no podía ser. Un vestuario lujoso no cambiaba las diferencias entre ellos. Los solteros millonarios no se relacionaban con viudas que tenían hijos pequeños. No lidiaban con pañales sucios, vómitos, caos o noches en blanco. Viajaban en jets privados por todo el país, salían con modelos e iban de fiesta con los ricos y famosos.

Se le encogía el corazón al pensar en Eric con otra mujer, pero era absurdo. No tenía derecho a sentir celos de otra mujer.

Cuando llegaron a casa, Sofía sacó a Eddy de la sillita, desesperada por ver a Addy. Tenía que cambiarse de ropa y no recordaba la última vez que había comido, pero antes tenía que ver a su niña.

–¿Addy? Cariño, mamá está en casa –la llamó.

–Está en el salón –dijo su madre mientras entraba en la cocina–. Con…

Sofía se detuvo de golpe al doblar la esquina. Porque Addy estaba en el salón, sí, dormida sobre el pecho de Eric, que estaba tumbado en el sofá. Se había quitado la chaqueta y había desabrochado los dos primeros botones de la camisa. Incluso a distancia, Sofía podía ver que llevaba la camisa manchada. Addy tenía una manta por encima y Eric la sujetaba con una mano en el trasero, la otra en su espalda.

Dios santo. ¿Había estado allí toda la noche?

Debió hacer algún ruido porque Eric abrió los ojos en ese momento.

–Hola –la saludó, con una sonrisa–. Por fin habéis llegado a casa. Qué bien.

No era justo que estuviese allí con Addy mientras ella estaba en el hospital con Eddy. No era justo que, incluso con la camisa manchada, siguiera siendo el hombre más guapo que había visto nunca. Y tampoco era justo que la hiciera enamorarse de él otra vez, cuando acababa de decidir que no podía haber nada entre ellos.

–¿Cuánto tiempo llevas aquí?

–¿Qué hora es? –preguntó él, estirándose con cuidado para no despertar a la niña.

–Las dos y media.

La hora de la siesta, pensó. Eric y Addy habían estado durmiendo la siesta juntos y era una imagen tan dulce que se le rompía el corazón.

–Creo que me fui del hospital alrededor de las cuatro. Addy estaba llorosa, pero se calmó un poco cuando la abracé, así que decidí quedarme. ¿Cómo estás, Eddy?

El niño levantó la cabeza del pecho de Sofía al escuchar su nombre. Addy despertó en ese momento y, al ver a su madre, empezó a hacer un puchero.

Eric besó su cabecita y… no era justo, pensó Sofía. Lo deseaba tanto, pero podría funcionar. Había muchas razones para ello. Buenas razones, aunque no se le ocurría ninguna en ese momento.

Cuando Eric se levantó del sofá para acercarse a ella, Sofía se quedó sin aliento.

–Te lo cambio –dijo él. Addy alargó los bracitos hacia Sofía mientras Eddy alargaba los suyos hacia Eric. Incluso su hijo se alegraba de verlo–. Me alegro mucho de que hayas vuelto a casa, cariño. No quería dejarte sola en el hospital, pero pensé que querrías que estuviese con Addy.

–Yo… –Sofía parpadeó, sin saber qué decir. Eric tenía sombra de barba y el pelo alborotado, pero seguía siendo el hombre más sexy que había visto nunca.

–Oye –dijo él entonces, mientras le acariciaba la espalda a Eddy–. Estaba pensando… tus padres son estupendos, pero esta casa es muy pequeña y los niños necesitan espacio. Mi padre ha visto un dúplex en la Costa Dorada que sería perfecto para nosotros.

–¿Nosotros? –repitió ella. No podía ser, no podía haber dicho eso. Estaba muy cansada y…

–Son mil metros cuadrados, con unas vistas estupendas del lago y mucho sitio para los niños. Está cerca de todo y podríamos comprar un sofá mejor –bromeó Eric.

Tenía que ser un sueño. Se había quedó dormida en el hospital y estaba soñando. Un hombre como Eric Jenner no podía haber pasado toda la noche cuidando de su hija. Y esperándola. ¿Para qué? ¿Para pedirle que se fuese a vivir con él?

–Yo no puedo pagar un apartamento en la costa.

–No espero que lo pagues tú, cariño. Es un regalo para ti, para nosotros.

Otra vez esa palabra, «nosotros». Y Eric estaba pronunciándola mientras acariciaba la espalda de Eddy.

–¿De qué estás hablando? Porque suena como… –Sofía no terminó la frase. Como si estuviera pidiéndole que se fuera a vivir con él. Pero eso no tenía sentido.

–No hoy mismo, por supuesto –respondió él, sin percatarse de su confusión–. Habrá que reformar el dúplex, pero nos mudaremos en cuanto esté listo.

Sofía lo miraba, boquiabierta. No estaba soñando. Estaba pidiéndole que se fuera a vivir con él.

–Yo esperaba que nos casáramos antes de esto –siguió él, dando un paso adelante para acariciarle la mejilla–. Pero será un gran honor que te cases conmigo, Sofía. Prometí cuidar de ti y lo decía en serio. Deja que cuide de ti durante el resto de nuestras vidas.

Addy dejó escapar un suspiro de felicidad y Eddy sonrió, como si entendieran la conversación. Y Sofía estuvo a punto de decir que sí. Aquella era una fantasía hecha realidad: un guapísimo multimillonario a quien le gustaban los niños y era fabuloso en la cama prometiendo ponerle el mundo en bandeja.

Pero no podía aceptar. Lo amaba y deseaba que sus hijos lo quisieran, ¿pero cómo podía pensar Eric que había un sitio para ella en su mundo?

¿Cuál sería el precio si dijera que sí? No podía hacerle eso. No podía cargarlo con su vida, con sus problemas. No podía esperar que hiciese el papel de padre de los hijos de otro hombre.

Le dolía en el alma, pero era lo que debía hacer. Y, tarde o temprano, él también se daría cuenta.

—No, Eric.

Capítulo Quince

Sofía apretaba a Addy contra su pecho como si fuera un escudo y Eric la miraba totalmente desconcertado.

–¿No qué?

–No tenemos que vivir en la Costa dorada. Podemos buscar una casa en otro sitio. Quiero que seas feliz, Sofía –le dijo.

–Eric, no –repitió–. No puedo casarme contigo. ¿Cómo se te ha ocurrido tal cosa?

Él sabía que estaba disgustada y preocupada, pero no entendía su reacción.

–Quiero cuidar de ti y de tus hijos. He pensado… –Eric tragó saliva, nervioso–. He pensado que podríamos ser una familia.

Sofía dio otro paso atrás antes de que pudiese tomarla por la cintura.

–No puedo hacerlo –dijo, con voz entrecortada–. Lo que ha pasado este fin de semana… no puedo. Mis hijos me necesitan y tengo que estar a su lado. Este fin de semana ha sido maravilloso, pero yo no soy parte de tu mundo y no quiero dañar tu negocio.

–¿De qué estás hablando?

Las lágrimas rodaron por sus mejillas.

–No puedo estar contigo. Tengo que pensar en mis hijos antes de nada.

Eric abrió la boca y volvió a cerrarla. ¿Qué quería decir con eso? No tenía sentido. Él no estaba intentando librarse de los niños, al contrario. Quería ser el padre de sus hijos, quería ser su marido.

–Cariño, estás cansada y disgustada. No piensas con claridad…

En cuanto lo dijo supo que había cometido un error. Furiosa, Sofía alargó un brazo para quitarle a Eddy y, tontamente, él se sintió perdido cuando le quitó al niño de los brazos.

–Estoy pensando con total claridad. Lo que ha pasado este fin de semana ha sido un error. No debería haber dejado a mis hijos y no debería haberme acostado contigo. No debería haber sido tan egoísta. Ahora mis hijos están enfermos y tú podrías haber perdido un gran contrato…

–Sofía… espera un momento. Todos los niños se ponen enfermos y tú no me has costado el contrato. Aunque no saliera bien, no me arruinaría.

Ella soltó una amarga carcajada.

–No, claro que no. Tú puedes permitirte perder ese contrato. ¿Es que no te das cuenta, Eric? No hay un sitio para mí en tu mundo. Solo soy la gerente de la oficina, la hija de la criada. Una viuda con dos hijos. No hay sitio para mí en tu vida, y cada vez que tú intentes convencerme de lo contrario ocurrirá algo malo… –Sofía contuvo un sollozo–. Y yo no puedo dejar que ocurra nada malo.

Los dos niños empezaron a llorar a la vez y sus padres aparecieron en la puerta del salón con gesto asustado.

–Muy bien –dijo Eric, levantando las manos en un gesto de rendición–. Claro que hay sitio para ti en mi vida, pensé que este fin de semana lo había demostrado.

–Por favor…

Aquel no era el momento, pensó Eric entonces.

–Mira, hablaremos de ello cuando hayas descansado un rato.

–No, Eric. Yo… –Sofía tragó saliva, mirando a sus padres–. ¿Podéis dejarnos solos un momento, por favor?

Sus padres tomaron a los niños en brazos.

–Estaremos en la cocina si no nos necesitas –dijo su padre, lanzando una mirada de ánimo hacia Eric.

–Cariño… –empezó a decir él.

–No –lo interrumpió ella–. No sé qué estás pensando, pero no.

–Me importas, eso es lo que estoy pensando. Y, después de lo que hemos compartido este fin de semana, pensé que yo también te importaba a ti.

–Pues claro que me importas –dijo Sofía, con voz ronca.

–¿Entonces por qué no dejas que cuide de ti?

–¿De verdad crees que es tan fácil? ¿Que puedes chascar los dedos y todo se va a solucionar? –chascó los dedos–. ¿Crees que yo puedo estar a la altura? Por Dios bendito, vivo con mis padres porque apenas soy capaz de cuidar de mí misma desde que David murió. Me cuesta poner un pie delante de otro cada mañana.

Eric suspiró. Le rompía el corazón porque no atendía a razones.

–¿Qué te dijo Wyatt? Porque seguro que esto tiene que ver con él.

El día anterior había estado preocupada por el contrato, pero no entendía su actitud. Y Eddy estaba mucho mejor, de modo que no tenía sentido. Tenía que haber sido Wyatt. Maldito fuera.

—No me ha dicho nada. ¿Pero es que no te das cuenta? Tú puedes traerme a casa en un avión privado y pedir favores a cualquiera. Tienes dinero para…

—¿Para solucionar conflictos? —la interrumpió él—. Pues claro que voy a hacer eso. Eso y más. ¿Cuál es el problema?

—Que ese no es mi mundo, Eric.

—¡Me da igual! —exclamó él. Estaba gritando y no le importaba—. Me daría igual que vivieras en una caja. Eres una mujer hermosa e inteligente, la mujer más valiente que conozco y… —Eric tuvo que pararse un momento para respirar—. Eras mi mejor amiga cuando éramos niños y eso no ha cambiado. Sigo queriéndote, pero ahora te quiero de otro modo. Y de verdad que no puedo entender por qué me haces parecer el malo.

Sofía estaba temblando y Eric intentó tomarla entre sus brazos, pero ella se apartó.

—Creo que deberías irte.

—Cariño, nunca me ha importado el dinero.

—A mí sí me importa.

Después de decir eso, Sofía se dio la vuelta. La oyó cerrar una puerta y, un segundo después, su padre entró en el salón con gesto de disculpa.

—Lo siento. Está muy disgustada y…

—Lo sé, lo sé —murmuró Eric, pasándose una mano por el pelo—. No era el momento, pero es que me he alegrado tanto al verla.

–Lo entiendo –dijo Emilio, ofreciéndole su chaqueta–. No creo que Sofía pueda ir a trabajar mañana.

–No, claro que no. Está agotada y querrá quedarse con los niños, pero dígale que espero verla el martes.

–Por supuesto –asintió Emilio.

Sofía no fue a trabajar el lunes, como Eric esperaba. Pero el martes tampoco apareció.

–Su hijo ha salido del hospital –le contó a Meryl y Steve, que también habían tenido que tomarse un día libre.

Eric se limitó a asentir con la cabeza mientras volvía a su despacho. Desesperado, sin saber qué hacer, llamó a una floristería para pedir que enviasen dos docenas de rosas a casa de Sofía.

Pero ella tampoco fue a trabajar el miércoles y el jueves estaba frenético. No había renunciado a su puesto y Sofía no era de las que se escondían. Cuando eran niños… Ya no eran niños y su amistad ya no era la misma de antes. Ya no podían ser solo amigos o incluso amigos con derecho a roce.

Quería estar con ella en lo bueno y en lo malo, ver crecer a sus hijos. Quería tener hijos propios con ella. Dios, ver cómo cambiaba el cuerpo de Sofía embarazada de su hijo… el anhelo era tan potente que casi le dolía.

Lo quería todo. Y con ella, solo con ella, podría tenerlo.

Él era Eric Jenner y estaba dispuesto a conseguirlo.

Capítulo Dieciséis

Sofía no habló con sus padres sobre el viaje a San Luis, ni sobre Eric. Ni sobre el hecho de que no hubiese vuelto al trabajo.

De repente, la casa estaba silenciosa y tensa. Y, después del martes, ni siquiera podía esconderse tras la excusa de la enfermedad de los niños porque estaban perfectamente. El doctor Wyatt había tenido razón: Eddy y Addy se habían recuperado enseguida.

Y tampoco podía decir que se movía como abriéndose paso entre la niebla, como cuando David murió. Estaba cansada, por supuesto. Había sido una semana difícil, pero la pena no era la emoción que la mantenía despierta por las noches.

No, era cólera, rabia. ¿Cómo se atrevía Eric a proponerle matrimonio de ese modo? ¿Qué le daba derecho a hablar de amor, matrimonio y casas compartidas como si tuviese una varita mágica con la que podía hacer que todo fuese perfecto?

¿Por qué no se daba cuenta de que no podían estar juntos? Hablar de amor era genial, pero ella ya no era una niña y no podía olvidar las realidades de la vida. ¿Qué pasaría si dijera que sí? Si se dejaba llevar, pasaría el resto de su vida intentando demostrar que estaba a su altura. El cóctel y la reunión con el lugarteniente del gobernador le habían parecido agotadores, pero si se dejaba llevar por el entusiasmo de Eric tendría que interpretar un papel cada día de su vida para que Robert Wyatt y la gente como él no se riesen de ella. Y, aunque consiguiera hacerlo, aunque fuese la esposa perfecta, siempre habría críticas y habladurías.

La única persona que parecía no darse cuenta de eso era Eric. Sofía se enfadó de nuevo cuando pasó frente al ramo de flores, que su madre había colocado en el salón. Eran las rosas más grandes y rojas que había visto nunca, y la casa olía como una floristería. Era ridículo.

Addy y Eddy estaban bien, mejor que bien. Pasaban las tardes en el parque, jugando con los niños porque no era capaz de volver a la oficina. ¿Cómo iba a mirar a Eric a los ojos? ¿Qué podía decirle?

El viernes, cuando volvieron a casa para comer y echarse la siesta, Sofía se dejó caer en el sofá. No podía seguir escondiendo la cabeza en la arena. Habían pasado cinco largos días desde que llevó a Eddy a casa y le dijo a Eric que se marchase. Cinco días desde que él le había dicho que la quería y ella… ella le había respondido que no podría salir bien.

Y era verdad. Ella estaba en la casa de sus padres, sentada en el sofá de toda la vida. Eric y ella pertenecían a mundos muy diferentes.

Sofía enterró la cara entre las manos. Eric era tan maravilloso, tan asombroso y divertido. La hacía sentir segura, feliz y…

Y amada.

Le había hecho el amor, había querido protegerla y ella… se había enamorado. Siempre lo había querido, pero ya no eran niños y lo que sentía por él no era una simple amistad.

Eric había dicho que la quería. Había dicho que quería casarse con ella y ella… le había dicho que no.

Ese era el problema.

Sofía dio un respingo cuando sonó el timbre. Se levantó a toda prisa del sofá, temiendo que los niños se despertasen si volvían a llamar al timbre, pero se quedó paralizada cuando vio a Eric al otro lado de la puerta. Su primer pensamiento fue: «¿no debería estar en el barco?». Era viernes y hacía un tiempo fabuloso.

–¿Qué haces aquí? –le espetó.

–Sofía, tengo que hablar contigo –respondió él.

–¿Por qué?

Su mirada era tan familiar, tan cálida, que Sofía tuvo que sonreír a pesar de sí misma.

–Cuando éramos niños y nos peleábamos, tu madre siempre nos obligaba a disculparnos y a hacer las paces.

–Cierto –admitió ella– pero ya no somos niños.

–No, no los somos.

–¿Es Eric? –preguntó su madre– . Ah, muy bien. Yo me encargaré de los niños. Venga, marchaos.

Sofía frunció el ceño.

–¿Qué está pasando aquí? –preguntó. Pero no pudo decir nada más porque su madre la empujó y cerró la puerta tras ellos–. ¿Se puede saber qué has hecho?

–Tu madre quiere que hagamos las paces –respondió él, tomándole de la mano para llevarla al coche–. Es cierto eso de que por mucho que cambien las cosas todo sigue siendo igual.

–Eric…

–Espero que hayas descansado –la interrumpió él–. Estaba muy preocupado por ti.

–No puedes decirme esas cosas –protestó Sofía, con el corazón roto. Eric había estado preocupado por ella, había hecho todo lo posible para cuidar de los niños, había dicho que la quería.

Y también ella lo amaba. Irremediablemente.

–Escúchame, pedazo de cabezota –empezó a decir él, con una sonrisa en los labios.

–Vaya, empiezas bien.

–No creo que podamos seguir siendo amigos.

–¿Qué?

–Yo no he sido un buen amigo –dijo él entonces–. Dejé de verte y dejé de pensar en ti. Ojos que no ven… –Eric sacudió la cabeza–. Me fui de casa y no estuve a tu lado ni en los buenos ni en los malos tiempos.

–No hagas esto, Eric. No terminará bien.

–¿No hacer qué, decirte que te quiero? ¿Pedirte que te cases conmigo? Estoy intentando hacerlo mejor que la última vez, cuando los dos estábamos agotados y frenéticos.

–No podemos estar juntos –le recordó ella.

–Soy Eric Jenner, puedo hacer lo que quiera –respondió él, con tono dominante–. ¿Quién va a detenerme? Si quiero pasar la tarde en el barco, ¿quién va a decirme que no puedo hacerlo? Si quiero construir apartamentos de lujo en la luna, ¿quién me lo impedirá? Si quiero ponerme un disfraz de pato…

–¿Un disfraz de pato?

–Lo pondré de moda –dijo Eric–. Y si quiero enamorarme de mi gerente y de sus mellizos, ¿quién se atreverá a decirme que no es buena idea? ¿Tú? Espero que no, Sofía, porque tú eres más inteligente que eso.

Dios santo. No iba a hacer aquello en medio de la acera, ¿no?

—Pero otros sí lo harán.

—No creo que nadie se atreva a insultarte, pero aunque así fuera ¿Cómo puedes pensar que me importa lo que piensen los demás? Solo me importa lo que pienses tú.

—Pero nuestras vidas son tan diferentes…

Incluso a sus propios oídos sonaba poco convincente.

—¿Sabes por qué éramos amigos? –le preguntó él entonces–. Porque tú me tratabas como a cualquier otro niño. Y yo hacía lo mismo. Nunca fuiste la hija del ama de llaves, cariño. Eras Sofía y espero que yo no fuese un niño rico para ti. Yo… –Eric tragó saliva, con gesto nervioso–. Yo solo era Eric para ti, ¿no?

—Por supuesto que sí, pero yo no puedo pedirte esto, Eric. Mis hijos no son tu responsabilidad.

—Tú no me has pedido nada, soy yo quien te lo está pidiendo –Eric le dio un beso en la frente y, a pesar de todo, Sofía lo sintió hasta en las puntas de los pies–. Escúchame, por favor. Quiero estar a tu lado, cariño. Estuve aquí la semana pasada y estaré la semana que viene. Significas tanto para mí que ya no puedo estar sin ti.

Lo que decía era tan sensato, demasiado sensato. Ella sabía que debería poner objeciones, pero no se le ocurría ninguna en ese momento.

–Pero…

–Y no estoy intentando remplazar a David –prosiguió Eric–. Él siempre será parte de ti y de tus hijos, pero tú no has muerto con él, Sofía. Y creo de corazón que él no querría que criases sola a los niños. No tengo nada contra tus padres, por supuesto. Te quieren y adoran a los niños, pero ellos no pueden ser un padre para tus hijos –le dijo, bajando la voz y dando un paso hacia ella–. No pueden ser tu marido.

–Ese es un golpe bajo –replicó Sofía, perdiendo la batalla contra las lágrimas. No quería llorar porque si empezaba a hacerlo no sabía cuándo terminaría. Pero Eric tenía razón. David no hubiese querido que estuviera sola durante el resto de su vida. David habría querido que volviese a sonreír.

Cuando Eric la tomó entre sus brazos fue como si le quitase un enorme peso de encima. Por primera vez en muchos días, Sofía pudo respirar de verdad.

–Entonces, deja de pelearte conmigo y acepta que no pienso irme a ningún sitio –afirmó él, acariciándole el pelo–. Te he echado tanto de menos. No has ido a trabajar.

–Necesitaba unos días libres –admitió ella–. Han pasado tantas cosas y yo…

No había sido capaz de lidiar con la situación.

–Lo sé –dijo Eric–. Y yo lo empeoré todo. Solté lo de irnos a vivir juntos y tú…

–Yo me sentía culpable. Sigo sintiéndome culpable.

–¿Por qué?

–Mis hijos se habían puesto enfermos y yo no estaba a su lado porque estaba contigo.

–Pero estaban con tus padres. No los dejaste solos, Sofía.

Ella no sabía cómo explicarle que una madre se sentía culpable por todo.

–Pero debería haber estado con ellos. Yo también te quiero, Eric, pero tengo que pensar en mis hijos antes de nada. ¿No lo entiendes?

El brillo de esperanza en sus ojos se convirtió en algo más fiero.

–Entonces, ¿qué vas a hacer? ¿Convertirte en mártir para ellos? ¿Dejar de vivir?

–No, claro que no –respondió ella. Pero mientras lo decía, se preguntó si no habría algo de verdad en esa afirmación–. Pero me necesitan. Solo son bebés, Eric. Y yo soy lo único que tienen.

–Sube al coche –dijo él entonces.

–¿Qué?

–Tengo que contarte algo y prefiero no hacerlo en medio de la calle –respondió Eric, abriendo la puerta del coche–. Venga, sube.

Sofía obedeció, nerviosa. Eric subió al coche tras ella y cerró la puerta.

–¿Qué querías contarme?

–Mi prometida estaba embarazada de tres meses cuando me dejó plantado, pero el niño era hijo de otro hombre. Llevábamos seis meses sin acostarnos juntos porque, según ella, eso haría que la noche de boda fuese especial. ¿Y sabes una cosa? Yo no protesté. La dejé escapar.

–Entonces, el niño…

–La prueba de paternidad lo ha confirmado, no es

mío. ¿Y quieres saber lo más gracioso? No echo de menos a Prudence. Nunca la he echado de menos, pero cuando descubrí que había tenido un hijo estaba dispuesto a luchar por él –Eric sacudió la cabeza–. Pero no era mío y Prudence se casó con el padre dos semanas después de dejarme plantado.

–Lo siento, no tenía ni idea.

–Nadie lo sabe, salvo la familia de Prudence y el investigador privado que contraté.

Sofía apretó su mano.

–Lo siento.

–Solo te lo cuento porque quiero que me creas cuando digo que quiero a tus hijos. Y no solo porque me parezcan encantadores –Eric tomó aire–. Puedo comprar cualquier cosa, todo lo que quiera.

–Y has hablado de un disfraz de pato –bromeó Sofía.

–Cualquier cosa –repitió él–. Pero no puedo comprar el amor de una mujer ni una familia. No lamenté haber perdido a Prudence porque nunca estuve enamorado de ella, pero lamenté mucho que ese hijo no fuera mío. No sabía cuánto deseaba ser padre hasta que recibí la noticia de su nacimiento. Y entonces apareciste tú, una vieja amiga a la que siempre había querido, con un par de bebés que necesitaban un padre…

Los ojos de Sofía se llenaron de lágrimas.

–Eric…

–No estoy intentando remplazar a David, te lo prometo. Pero tú eres más de lo que nunca imaginé que tendría la suerte de encontrar en mi vida. Estoy enamorado de ti y eres mi amiga, lo eres todo.

Dios santo. ¿Cómo iba a discutir eso?

—Me has dado razones para sonreír de nuevo —empezó a decir Sofía—. Pero no quería que pensaras que acepté el trabajo, o la ropa, o el fin de semana en San Luis porque quería seducirte.

Él soltó una carcajada.

—Por mucho que cambien las cosas, siempre siguen igual y tú nunca has sido así. Da igual quién fueras cuando éramos niños, para mí solo eras mi amiga. Y ahora es igual, salvo que te quiero —le dijo, tomando su mano—. Cásate conmigo, Sofía. Deja que sea tu familia. Y cuando tropieces, deja que te ayude a levantarte.

—¿Estás seguro de que esto puede salir bien? —le preguntó ella. Aunque sabía que era una pregunta ridícula.

—Soy Eric Jenner —le recordó él—. Puedo hacer que cualquier cosa salga bien.

Sofía rio mientras le echaba los brazos al cuello.

—Me haces tan feliz, Eric. Me haces reír —le dijo. Y había echado tanto de menos reír.

—Cariño, voy a hacerte reír durante el resto de nuestras vidas.

—¿Lo prometes?

Eric buscó sus labios.

—Te lo prometo. Y esa es una promesa que estoy deseando cumplir.

Epílogo

–A la de tres –dijo Eric, nadando hacia atrás. El agua estaba fresca y, con treinta y siete grados de temperatura, era un alivio.

–Uno –empezó a decir Eddy Jenner con tono serio. Eric no pudo evitar una sonrisa al ver que su hijo levantaba los deditos para contar–. ¡Dos y tres!

El niño se lanzó de la cubierta del barco y Eric se apresuró a nadar para atraparlo en el agua. Cuando emergieron los dos unos segundos después, Eddy daba gritos de alegría.

–¡Ahora yo, papá, ahora yo! –chillaba Addy desde la cubierta.

Los dos niños llevaban trajes de neopreno con flotadores incorporados, y lo que el traje no tapaba estaba cubierto por la crema de protección solar más potente conocida por la humanidad.

Sofía insistía ¿y quién era él para decirle que no a su mujer? Además, no le molestaba nada ponerle crema en la espalda. Y en el pecho. Y en los brazos. Dios sabía que disfrutaba haciéndole ese favor. La protección solar era muy sexy.

Eric llevó a Eddy hacia el barco, aunque no debería preocuparse, porque los dos niños nadaban como patos. Cuando estaban en la piscina de sus padres, ni siquiera les ponía un flotador. Se aseguraba de que nadasen en la parte que no cubría, y siempre había alguien vigilándolos.

Sofía esperaba a Eddy en la escalerilla.

–Vais a estar haciendo esto todo el día, ¿verdad?

–Si quieres tirarte, yo te atraparé –respondió Eric, moviendo cómicamente las cejas.

Ella rio, inclinándose hacia delante en un gesto sugerente, sus pechos casi escapando del bikini.

–Puedes atraparme más tarde.

Eric se tiró al agua, fingiendo un desmayo. Lo mataba cada día. Era un crimen lo guapísima que estaba su mujer con ese bikini. Especialmente ahora, embarazada de cuatro meses. Aunque siempre estaba guapa en bikini, rojo, siempre rojo. Los cambios en su cuerpo habían sido una revelación. Y no eran solo sus fabulosos pechos. La suave curva de su abdomen le parecía muy erótica. Después de tres meses difíciles, Sofía le había prometido que el segundo trimestre sería divertido y la diversión solo acababa de empezar.

Era una maravilla su Sofía.

–¡Papá! –gritó Addy, molesta por la falta de atención–. ¡Ahora yo!

–Cuenta hasta tres –le recordó Eric.

La niña se apartó el pelo de la cara y, con gesto serio, contó hasta tres antes de lanzarse al agua. Eric la atrapó en el aire, riendo.

Mientras ayudaba a su hija a subir por la escalerilla, miró a su mujer y sonrió de nuevo. Aquella era su vida. Amaba apasionadamente a su mujer, y era un amor que se fortalecía con el tiempo. No era una broma decir que

155

Sofía era su mejor amiga y él se esforzaba cada día para ser su mejor amigo.

En una hora, los mellizos estarían agotados de tanto saltar al agua. Sofía y él los llevarían a la cama para dormir la siesta y luego robarían una hora para estar juntos en su camarote. Eric nunca se sentía más feliz que cuando le hacía el amor a su mujer en el barco. Luego, mientras ella descansaba, él pilotaba el barco de vuelta al muelle. Esa noche iban a cenar en casa de sus padres, con los padres de Sofía. Eran una familia feliz.

Por fin tenía todo lo que quería. Y por mucho que cambiasen la cosas… los niños creciendo, el hijo que esperaban, tal vez un barco más grande, todo seguía igual.

Sofía tenía su corazón y él tenía el suyo.

Había conseguido lo único que no podía comprarse con dinero.

Bianca

¿Se atreverá a rendirse al placer que promete ese príncipe?

CAUTIVA ENTRE SUS BRAZOS

Carol Marinelli

El jeque Ilyas al-Razim nació para ser rey. No permitirá que nada se interponga en su camino y, desde luego, no la camarera que osa pensar que puede hacerle chantaje. Su deber es proteger el honor de su familia, aunque eso implique tomar como rehén a la fascinante Maggie Delaney.

Bajo los cielos estrellados del desierto de Zayrinia, la desafiante Maggie convence a Ilyas de que es inocente de lo que él la acusa. Cuando deja de ser su prisionera, es libre de volver a casa, pero ahora está cautiva de la ardiente pasión de ambos.

Acepte 2 de nuestras mejores novelas de amor GRATIS

¡Y reciba un regalo sorpresa!

Oferta especial de tiempo limitado

Rellene el cupón y envíelo a

Harlequin Reader Service®

3010 Walden Ave.

P.O. Box 1867

Buffalo, N.Y. 14240-1867

¡Sí! Por favor, envíenme 2 novelas de amor de Harlequin (1 Bianca® y 1 Deseo®) gratis, más el regalo sorpresa. Luego remítanme 4 novelas nuevas todos los meses, las cuales recibiré mucho antes de que aparezcan en librerías, y factúrenme al bajo precio de $3,24 cada una, más $0,25 por envío e impuesto de ventas, si corresponde*. Este es el precio total, y es un ahorro de casi el 20% sobre el precio de portada. !Una oferta excelente! Entiendo que el hecho de aceptar estos libros y el regalo no me obliga en forma alguna a la compra de libros adicionales. Y también que puedo devolver cualquier envío y cancelar en cualquier momento. Aún si decido no comprar ningún otro libro de Harlequin, los 2 libros gratis y el regalo sorpresa son míos para siempre.

416 LBN DU7N

Nombre y apellido	(Por favor, letra de molde)	
Dirección	Apartamento No.	
Ciudad	Estado	Zona postal

Esta oferta se limita a un pedido por hogar y no está disponible para los subscriptores actuales de Deseo® y Bianca®.

*Los términos y precios quedan sujetos a cambios sin aviso previo. Impuestos de ventas aplican en N.Y.

Bianca

¡Su inocencia quedó al descubierto!

FALSAS RELACIONES

Melanie Milburne

Abby Hart, una conocida columnista londinense cuyos artículos versaban sobre las relaciones amorosas, ocultaba un gran secreto que no podía revelar a nadie: su prometido, el hombre perfecto, era ficticio y, además, ella era virgen. Cuando la invitaron a una famosa fiesta con fines benéficos, a la que debía ir acompañada de su prometido, no tuvo más remedio que pedir ayuda a Luke Shelverton.

Después de la trágica muerte de su novia, Luke se negó a hacerse pasar por el prometido de Abby. Al final, para evitar que la reputación de ella sufriera un daño irreparable, aceptó hacerse pasar por su novio. Pero la inocencia y fogosidad de Abby le hicieron sucumbir a sus encantos…

DESEO